바레스의 스파르타

KB150751

작가가 사랑한 도시 12

바레스의 스파르타

초판 1쇄 인쇄 _ 2012년 7월 10일
초판 1쇄 발행 _ 2012년 7월 20일

지은이 _ 모리스 바레스 | 옮긴이 _ 정광흠

펴낸이 _ 유재건
편집 _ 박태하 | 마케팅팀 _ 정승연, 한진용 | 영업관리팀 _ 노수준, 이상원
펴낸곳 _ (주)그린비출판사 | 등록번호 _ 제313-1990-32호
주소 _ 서울시 마포구 동교동 201-18 달리빌딩 2층
전화 _ 702-2717 | 팩스 _ 703-0272

ISBN 978-89-7682-153-9 04800 978-89-7682-109-6(세트)
이 도서의 국립중앙도서관 출판시도서목록(CIP)은 e-CIP홈페이지(http://www.nl.go.kr/ecip)
와 국가자료공동목록시스템(http://www.nl.go.kr/kolisnet)에서 이용하실 수 있습니다. (CIP제
어번호:CIP2012003147)
책값은 뒤표지에 있습니다. 잘못 만들어진 책은 서점에서 바꿔 드립니다.

그린비출판사 나를 바꾸는 책, 세상을 바꾸는 책
홈페이지 _www.greenbee.co.kr | 전자우편 _editor@greenbee.co.kr

작가가사랑한 도시 12

바레스의 스파르타

모리스 바레스 지음, 정광흠 옮김

죽은 자의 명성을 간직하고 있을 돌멩이들은
추모를 위한 제단의 예식이 사라져 가듯 더 넓게 흩어질 것이다.
평원 전체가 영웅들을 위해 바쳐진 유적이 된다.
그리고 오늘 저녁에는 수평선, 역사, 그리고 나의 보잘것없는 생각이
잊지 못할 조화를 이루고 있다.
─본문 중에서

[바레스의 여행지 지도]

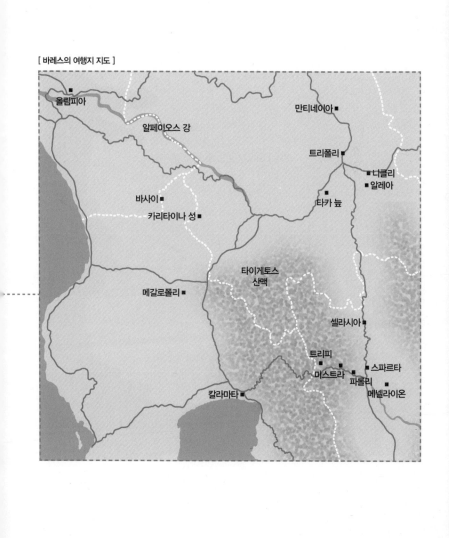

올림피아

알페이오스 강

만티네이아

트리폴리

너클리

알레아

바사이

카리타이나 성

타카 늪

타이게토스
산맥

메갈로폴리

셀라시아

트리피

스파르타

마스트라 파롤리

메넬라이온

칼라마타

차 례

일러두기

1 이 책은 Maurice Barrès의 *Le voyage de Sparte*(1906)의 14장부터 22장까지를 번역한 것이다.

2 본문 이해를 돕기 위한 옮긴이 주 가운데 인명과 지명 등의 간략한 정보는 본문에 작은 글씨로 덧붙였으며, 좀더 상세한 설명이 필요한 내용은 각주로 처리하였다.

3 외국 인명이나 지명, 작품명은 2002년 국립국어원에서 펴낸 외래어표기법을 따라 표기했다.

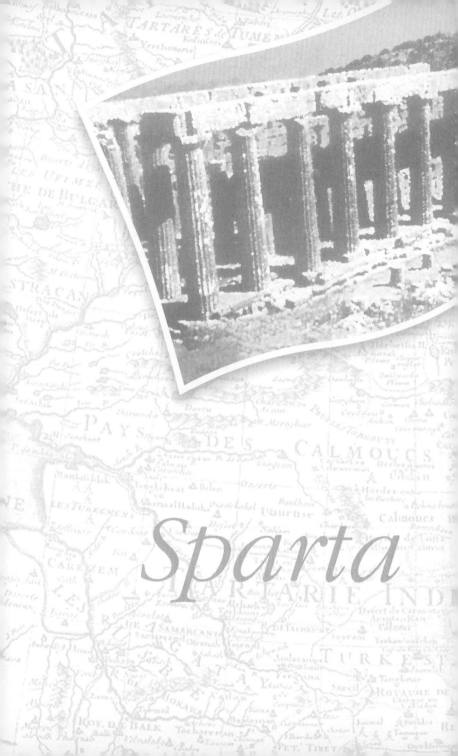

Sparta

스파르타의 주변 지역

트리폴리의 허름한 거리에서 옛 터키의 유적지 하나를 헛되이 찾아보았다. 아무것도 어느 누구도 모레아^{펠로폰네소스 반도를 가리키}는 중세 시대의 명칭^의 파샤^{터키 문무 고관의 존칭}에 관하여 나에게 가르쳐 주지 않았다. 마치 민요 속에 살아 있듯, 그는 자신이 거느린 알바니아 출신의 호위병, 아름다운 말을 타고 있는 흑인 노예들, 비극의 터키 근위보병들, 비밀을 가득 안은 후궁들, 과자점 주인들, 시동들, 어릿광대들, 악사들, 음란한 인형극 흥행사들, 전속 사제 신부, 사형 집행인 등과 함께 앉아 있었다.

반면에 각자는 내가 트리폴리에서 두 시간 거리에 있는 만티네이아 전쟁터*를 방문하기를 원했다.

나는 굴복했다. 여행이 주는 기쁨을 놓치지 않으려면 모든 시련에 맞서면서 여행을 해야 하기 때문이다. 하지만 내게는 에파미논다스도 펠로피다스도 친숙하지 않았고, 나는 1806년 4월 14일 이곳을 다녀간 프랑수아르네 드 샤토브리앙^{프랑스 낭만주의의}

---

* 기원전 361년, 만티네이아에서는 아테네-스파르타 연합군과 테베군 사이의 전투가 벌어졌다. 테베의 장군이자 정치가인 에파미논다스와 펠로피다스는 이 전투를 승리로 이끌었으나, 에파미논다스는 이 전투에서 전사하고 만다.

선구자을 생각했다. 다음 날 그는 파샤의 통역관 집을 방문했다. 그가 뛰어난 문학가였기 때문에 부인들 집에 들어가는 것을 허락받은 거라고 사람들이 귀뜸해 주었다. 바이런 역시 트리폴리를 지나간 적이 있었다. 바이런의 천재성은 자신의 첫번째 그리스 여행 덕택이었고, 그의 명예는 두번째 여행 덕택이었다.[*] 우리들이 고전주의의 가르침을 배우러 오는 이곳 그리스는 어떤 장소보다도 더 짙은 낭만주의 색채를 제공해 주었다. 오늘날 겉으로 보기에 그리스는 비록 일부분이 사라졌다고 할지라도 쉽게 나약해지지 않는 바탕의 열정을 간직하고 있다. 트리폴리로 되돌아오면서 그리스가 나에게 아름답게 미화하도록 암시해 주었던 한 가지 이상야릇한 주제가 바로 여기 있다.

1821년 테오도로스 콜로코트로니스[**]가 이끄는 그리스인들이 도시를 습격하였을 때, 그들은 모레아의 지배자인 늙은 후르시드 파샤의 부인들을 제외하고 모든 터키 서민을 학살했다. 젊은 정복자들은 스스로 육체적 쾌락에 젖어 있었던 야성적인 매력을 가진 여인들과 놀아났다. 마침내 협상이 타결되고 보상금

---

[*] 영국의 낭만주의 시인인 조지 고든 바이런은 1809~1811년에 포르투갈, 스페인, 그리스 등지를 여행하였고(첫번째 그리스 여행), 1823년에는 그리스 독립전쟁에 직접 참여해 그리스의 사기를 북돋워 주었다(두번째 그리스 여행). 그가 말라리아에 걸려 사망한 곳도 그리스 서부의 메솔롱기였다.

[**] 그리스의 장군이자 정치인으로서 독립전쟁 기간 동안 터키에 맞서 펠로폰네소스 지역의 항쟁을 이끈 인물이다.

이 지불된 뒤 그 여인들은 후르시드에게 돌아갈 수 있었다. 그러나 그는 그 여인들을 보자기에 넣어 바늘로 꿰매어 바다에 던져 버렸다. 만약 우리가 이 드라마에 등장하는 다양하고 실감 나는 인물들, 심지어 보자기를 꿰매었던 그 악랄한 폭력배들에게까지 영혼이라는 것을 줄 수 있다면, 관능으로부터 잔인성에 이르는 모든 과정을 단계별로 파악할 수 있는 절호의 기회가 될 수 있을 것이다.

1900년 5월 나의 잠을 깨운 것은 울부짖는 바로 그 아름다운 여인들의 유령이 아니었다. 아침 5시쯤 빈대들 때문에 어쩔 수 없이 일어났다.

트리폴리와 스파르타는 60킬로미터 떨어져 있고 아름다운 도로로 이어져 있었다. 나는 니클리 도시의 유일한 유물인 팔레오 에피스코피 성당을 방문하기 위해 2리유^{프랑스의 옛 거리 단위, 1리유는 약 4킬로미터} 길을 돌아갔다. 그 도시는 고대에는 테게아의 땅이었고, 12세기에는 조프리 드 빌라르두앵 남작의 자치령이었던 곳이다.

위엄을 자랑하는 산들로 에워싸여 곳곳에는 풍차들이 드문드문 서 있고 골짜기와 언덕 위로는 잘 구분되지 않는 작은 마을들이 늘어서 있는 대평원을 가로질러, 풀이 무성한 풍경 속 교회에 나는 도착했다. 교회 벽에서 몇몇 부조물과 대리석 조각을 발견했다. 그리고 한 성직자가 네 개의 작은 돔으로 이어지는 중앙

돔 속으로 나를 안내했다. 거기서부터 나는 피알리현재의 이름은 알레아라고 불리는 바로 옆 촌락까지 계속 나아갔다.

그곳에는 역사 교과서에서 그리스의 조각 작품 중 가장 뛰어난 것으로 인정받는 대리석 사자상 한 점이 보존되어 있다. 우선 우리는 열쇠를 얻을 수 없었다. 그것을 보관하는 사람이 자리에 없었기 때문이다. 그래서 우리는 우물을 보호하기 위해 둘러 놓은 터키 돌멩이 위에 앉아 끈기 있게 기다려야만 했다. 헤라클레스 또한 피알리의 우물에서 지체하고 있었다. 그러나 그는 거기서 아테나 여신의 사제인 아우게를 겁탈했다. 이러한 연상은 시간을 죽이는 적절한 방식이다. 갑자기 그리스인 합창대가 우리들 주위로 모여들었다. 그리고 나는 고대 연극의 이 등장인물이 얼마나 오랫동안 이 단편적인 진리에 젖어 있었는지를 하루 종일 생각했다. 스무 명에 달하는 이 지겨운 사람들이 나를 계속 에워싸고 있었다. 한 명이 외쳤다. 그러자 모두가 머리를 끄덕이며 그의 말을 따랐다. 합창대는 다음과 같이 노래했다.

"오! 이방인이시여, 초조해하지 마십시오. 당신은 그 훌륭한 사자를 보기를 원하십니다. 그것은 실제로 이 닫힌 문 뒤에 있습니다. 이 자물쇠는 사자상이 얼마나 값어치 있는 물건인지를 증명해 주는 것이랍니다."

늙은이 하나가 나에게 한 송이 꽃을 가져왔다. 합창대는 과장된 어휘로 이러한 친절함을, 그리고 그 꽃을 찬양하기 시작했다.

"당신이 아주 멀리서 감상하려고 온 바로 이곳 테게아, 그 테게아인들의 오랜 후손들이 여기에 있는 바로 우리들이랍니다. 바보가 아니라면 우리의 우수성을 알 수 있겠지요. 또한 당신은 아주 친절하게도 이 선량한 늙은이에게 한 푼의 동전을 서둘러 건네주는 아량을 베풀고 있습니다. 그리고 우리에게도 동전을 주어야만 하는 이유를 알게 될 것입니다. 그것은 바로 늦게 도착하는 열쇠를 기다리면서 화를 내지 않도록 우리가 그대를 즐겁게 해드리는 대가입니다."

　예의 바른 아이들이 석반석을 들고 지나갔다. 테게아인들의 숭고한 행적을 거기에 새겨 그것을 세우려는 의도가 분명했다. 합창대는 자부심을 가지고 우리에게 그것을 보여 주었다. 나는 사람들이 애지중지하는 네 살배기 아기가 아주 순수하게 자신 스스로에게 경탄해하는 모습은 결코 본 적이 없다. 그리고 나는 이것이 바로 민족성을 이루는 것이라고 솔직히 말해야만 한다. 우리를 에워싼 사람들 중에는 쉽게 알아볼 수 있는 덩치 큰 터키인들도 있었는데, 그들은 스스로를 그리스인이라고 불렀다. 피가 약간 섞여 있기 때문에 가능한 일이었다. 결국 필요한 만큼 이상의 시간이 흘러 이제 헤라클레스에 대해서 더 이상 이야기하고 싶지는 않다. 오히려 그에게 강간당해 아들 텔레포스를 잉태한 여사제에 대해 언급하고 싶다. 사람들은 드디어 어두컴컴한 마구간의 문을 나에게 열어 주었다. 구석진 자리에는 그 걸작품이 놓여 있었다.

나와 함께 들어온 합창대는 내 앞에서 완전히 빛을 가로막고 서 있었다…….

나는 이 최후의 방해꾼들 때문에 다시 한번 호기심을 버려야만 했고, 또 다른 여행을 시도할 수밖에 없었다. 오늘 내로 이 사자상을 다시 보고 싶어 하는 간절한 조바심에서 벗어나 점점 되살아나는 뜨거운 날씨의 열기 속에서, 나는 이제 스파르타 외에는 더 이상 아무것도 기대하지 않게 되었다. 마치 식당에서 입맛도 없이 저녁 식사를 하는 사람이 "다음 요리를 가져다주시죠"라고 말하는 것과 거의 똑같은 방식으로 스파르타를 기다리고 있었다.

아름다운 경작지로 이뤄진 광활한 테게아티드 평원을 오랫동안 헤매고 난 뒤 그곳에서 빠져나올 무렵, 도로는 갑작스레 돌멩이로 뒤덮인 산비탈을 오르고 있었다. 우리는 초콜릿빛이 넘실대는 타카 늪을 굽어보았다. 멀리서 그리스는 푸른 하늘 아래 요지부동한 길의 선들로 뚜렷이 연결되어 있었다. 분명 그것은 아티키 지방^{펠로폰네소스 반도 동쪽으로 면한 지역}의 아름다운 시절의 추억을 연상케 하고 있다. 그럼에도 불구하고 스파르타에 다다르면서 나는 오베르뉴 지방^{프랑스 중부의 산악지대} 고원의 느낌을 받았다. 산들바람도 비슷했고, 심지어 주민의 불결함도, 구름의 기세와 단조로운 크기들까지도 비슷했다. 그렇지만 오베르뉴의 암소들이 그 고지대에서 애써 풀을 뜯으려 한다면 코끝은 피투성이가 될 수밖에 없을 것이다.*

우리의 마차는 편안한 사륜 포장마차였고 말몰이꾼은 유럽풍의 옷을 입고 있었다. 그러나 그는 이 활기찬 분위기 속에서도 나의 심금을 울리는, 구슬프고 단조로운 하소연 조의 노래를 부르기 시작했다. 그것은 바로 밀고자들이 다가올까 두려워하면서 꼼짝달싹 못하고 짓눌려 있는 듯한 분위기의 노래였다.

음악에 정통한 사람들이라면 누구나 이 동양풍의 음악 속에서 여러 다양한 음조의 변화를 쉽게 구분할 수 있을 것 같다. 서투른 우리 귀에 그것은 항상 같은 음정, 즉 일종의 성가 음정이나 갑자기 중단된 전개부처럼 들리기도 한다. 게다가 이 음정은 내 영혼의 감동을 완전히 고조시키기도 하고 저하시키기도 한다. 이것은 현악기를 연주하는 활 놀림과 다를 바 없지만, 나에게는 수많은 감각을 불러일으키고 있었다. 이것은 무도회에서 모든 욕망과 열광적인 젊음의 일시적인 사랑에 활기를 불어넣는 리트로넬로오페라의 간주곡와 유사한 것이다.

트리폴리 말몰이꾼의 이 노래는 인생에 목적이 없다는 것과 세상은 완전히 시시한 견해들에 바탕하여 돌아간다는 것을 알

* 스파르타 부근의 고원이 전체적으로 오베르뉴 지방과 비슷해 보이긴 하지만, 바위가 많아 풀이 적다는 의미이다.

게 해준다. 그리고 이 가여운 사람은 노래한다. "나도 나를 사랑해 줄 예쁜 여자를 원한다네. 나도 존경받고 싶고 돈 벌고 싶지. 하지만 여자들이란 불행을 가져오는 법. 재산을 모으려 고생해야 하고 여자를 지키려 애써야 한다네. 다음날은 또 얼마나 힘들까나?" 피곤이 묻어나는 이 노래는 그들의 배아 속에서부터 억눌려 있던 욕망들이다. 노래꾼은 끊임없이 반복한다. "모든 것은 허영심이라네. 내게 가장 아름다운 것처럼 여겨지는 물건이라 해도, 그걸 가져 보지도 못하고 죽는다면 그 물건들에 대해 아쉬워할 만한 가치가 없다네." 인간의 다양하고 수많은 일을 별로 경험해 보지 못한 이 소박한 사람이 스스로 이런 철학을 생각해 내지는 못했을 것이다. 그렇지만 그는 동방에서 불어오는 영감의 바람 속에서 살고 있었다. 그리고 이제부터 점차 그는 이 철학 속에서 인생의 매력을 되찾기 시작하고 있다. 그는 노래의 후렴구에 전혀 싫증 내지 않았다. 그는 새로이 드러내고 싶어 하는 세상에 대한 경멸스런 생각을 가까스로 조금 표현했다. 그것이야말로 바로 그의 기쁨이다. 그는 자신의 힘줄을 현악기의 활로 훑고 또 훑고 있는 것이다. 그리고 감미롭게 자신의 슬픔을 자극하고 있다. 가르랑거리는 한 마리의 수고양이처럼 스스로를 애무하고 있다.

미안하지만 나는 단조로운 리듬으로부터 표류하듯 점점 벗어나고 있는 이 마차꾼을 좋아한다. 그의 앞에 떠오른 태양의 행로처럼, 그의 생각도 최상의 발전적인 생각을 향해 멈추지 않고 달리고 있다. 마부의 생각은 진절머리 나게도 하지만 설득력이 있기도 하다. 1킬로미터 2킬로미터 나아가면서 그의 철학은 점점 내 영혼 속에 스며들고 있었다. 이러한 상황에서 내가 무슨 권리로 그를 나무랄 수 있단 말인가? 내가 펠로폰네소스 반도의 산 속을 뛰어다니는 이유는 새로운 기분을 느끼고, 나아가 나의 심장에 요동치는 돛단배들과 흡사한, 길면서도 간결하고 무겁고도 가벼운 문구들로 그 기분을 표현하는 데 목적이 있기 때문이다. 피알리의 사자 조각상에는 그렇지 않았지만 만티네이아에도 테게아의 폐허에도 집중하지 못했던 내가, 마치 나처럼 자신의 영혼을 표현하는 데만 몰입하고 있는 가엾은 말몰이꾼을 비난하는 것이 과연 타당한 일인가?

불모의 고원을 가로질러 우리는 돌멩이 계곡을 따라가고 있다. 이와 같은 상황은 황량한 자갈길의 여정과 더불어 내 말몰이꾼의 마음을 몹시 슬프게 만드는 듯하다. 커바일 사람인 듯한 한 농부가 이곳저곳으로 쟁기를 끌고 있다. 쟁기의 흐느적거리는 쇠는 땅의 표면을 제대로 긁지 못하고 있다. 가끔 이집트에서 도망친 사람과 마주친다. 한 시간이 지나 검은빛 얼굴의 목동들이 바위 꼭대기에서 우리를 바라보고 있다. 그들은 긴 막대기에 기대어 어깨에는 장총을 걸치고 특이한 자세를 취하고 있다. 그들의 야생 개들은 사납게 짖어 대고 있다. 붉은 대지의 몇몇 지층들은 풍경을 장렬하게 장식하고 있지만, 일반적으로 그 풍경은 희귀한 당나귀 등짝과 같은 색채를 띠고 있다. 오히려 그것은 당나귀들이 귀를 곤두세우고 동정 어린 비천함을 토로하는 모습이다.

어느 남루한 카니*가 우리에게 염소젖과 마실 수 있는 커피를 제공해 주었다. 샤토브리앙이 다녀간 이후로 상황은 많이 변했을까? 그에 따르면 "나는 야만인들과 함께 곰과 신성한 개를 먹은 적이 있다. 이후에는 베두인족들과 함께 식사를 하기도 했다. 그러나 나는 라코니아 지방스파르타를 포함하는 펠로폰네소스 남부 지역에서 제일 처음 만난 카니와 견줄 수 있는 그 어떤 사람도 만나지 못했다"라고 했다. 나는 그곳에서 음악에 빠져 있는 우리의 서글픈 말몰이꾼이 휴식을 취하도록 내버려 두었다. 그리고 가벼운 발걸음으로 그를 앞서갔다. 정오다. 건조하기 이를 데 없는 무미건조한 시간이다. 염소 몇 마리만이 이곳저곳 흩어져 추위가 지나간 다음에 노골적으로 다가온 태양에 맞서 도전장을 내밀고 있다. 이 짐승들은 비좁은 행렬을 이루며 완전히 즐거움을 만끽하고 있다. 양을 잃고 실의에 빠진 목동이라는 고전적인 얄팍한 주제가 처음으로 희미하게 내 머릿속에 생생히 떠오르고

---

* 칸(khan) 또는 캐러번서라이(caravanserai)는 여행객들이 쉬어 갈 수 있게 만든 숙소로서, 교역을 하는 대상(大商)들이 묵으며 정보를 교환하곤 했다. 카니(khani)는 이 칸의 주인을 말하는 듯하다.

있다니…….

　나는 다시 마차꾼과 합세했다. 끝없이 이어지는 구불구불한 길을 따라 우리는 완전히 초록빛에 뒤덮인 산을 기어오르고 있다. 정확하게 우리가 갈림길에 들어서 고개를 넘어가는 순간, 라코니아를 휩쓸고 우리의 옷을 거의 벗겨 버릴 정도의 돌풍을 만났다. 동시에 스파르타의 평원에 머물러 있는 심연들 위로, 저 아래쪽에서 분노한 바람이 피워올리는 먼지들 틈으로 우리는 하늘을 찌를 듯한 수많은 거친 산봉우리들을 발견했다. 그 이름을 물어볼 것도 없었다. 타이게토스 산맥이었다!

　산맥은 힘 있고도 질서정연하게 펼쳐져 있었다. 우리와 바로 이 비극적인 능선들 사이에 가로놓인 보다 나지막한 산들 위에서 한 점의 구름은 거대한 그늘을 적절히 드리우고 있었다.

　초목이 사라진 평원 위에서 우리를 혼란에 빠트린 폭풍은 내가 느낀 갑작스런 추위와 썩 어울리는 것이었다. 베토벤의 음악에서나 느낄 수 있었던 웅대함이 내 영혼을 뒤흔들어 놓았다. 나 스스로 이렇게 외치는 것이 들렸다. "맹세컨대 헬레네 여신은 한낱 인형에 불과한 것이 아닙니다. 그녀에게 슬픈 관능은 죽음과 맞서는 분노와 뒤섞여 있답니다. 인간은 죽이기를 원하며, 또한 불멸의 존재이기를 원합니다. 영웅적인 정신으로 올라서기 위해 끈질기게 발버둥치는 이 두 가지 야만적인 본능을 지배하는 근엄한 산봉우리들이 바로 이곳에 있군요."

그러나 타이게토스는 우리들이 가는 길을 감싸고 있는 새로운 봉우리들로 나를 감추어 주었다.

타이게토스 산맥은 나의 모든 내면적인 힘을 되살아나게 해 주었다. 마차꾼의 침울한 애가는 파샤들이 지배하는 도시의 탄식과 노예의 멜랑콜리 외에는 더 이상 아무것도 아닌 것 같았다. 스파르타의 정령은 거대한 돌풍을 타고 와 내 영혼을 정화시키고 말라리아 같은 이 노래를 쓸어 버리려고 내게 다가왔다.

곧 나는 정상에서부터 아래까지 아무런 장애물도 없이 훤히 타이게토스를 바라볼 수 있었다. 나는 풍경의 주인공인 타이게토스를 알아봄과 동시에, 나의 기쁨에 선명함을 더하기 위해 내 발밑으로 즉각 펼쳐진 초록빛 넘쳐나는 풍성한 계곡 속으로, 그리고 구름과 태양 빛으로 가득한 하늘을 향하여, 이리저리 시선을 돌리고 있었다. 나는 에우로타스 강을 발견했다. 물이 찬란한 빛을 발산하고 있었다. 신新스파르타의 하얀 집들은 평원의 과수원 사이에서 반짝거리고 있었다. 그리고 붉은 지붕의 마을들은 신성한 숲들과 닮아 타이게토스의 고결한 옆모습 위로 자태를 감추고 있었다. 주위 풍경 속에 깊숙이 틀어박힌 작은 언덕 위에 둥지를 틀고 있는 고귀한 도시 미스트라, 내가 그렇게 찾아 헤매던 그 도시를 마침내 발견하게 되었다.

처음 접근해 가는 장소에서 시에서나 나오는 이름을 덧붙이는 기쁨은 얼마나 황홀한가! 나는 끊임없이 이러한 음절을 반복하고 있다. 미스트라, 라케다이몬스파르타를 수도로 하는 고대 국가의 정식 명칭, 에우로타스, 타이게토스……. 한편 끝없이 이어지는 구불구불한 지형들은 협죽도라 일컫는 초록 관목들 사이로 계곡 깊숙이 우리를 인도하고 있다. 한 달 후에 나는 그 꽃 핀 가지들을 헤치고 에우로타스 강에 도달하게 된다.

이 마지막 시점에 평원은 비할 데 없는 풍요로운 모습을 간직하고 있다. 나는 소위 영웅들의 스파르타를 뒤덮고 있는 오두막 집들 사이로 들어가고 있다. 곳곳에 과실수들과 작은 도랑들이 널려 있다. 나는 산에서 떨어져 내리는 두 개의 살랑거리는 다발을 발견한다. 얼마나 화려한 그리스의 빛인가! 그 빛은 바람을 따라 멀리서부터 솟구쳐 오르는 하나의 먼지 기둥으로 아름답게 가득 차 있다.

내가 도착한 그날 저녁 스파르타는 라일락꽃 향기로 진동하고 있었다. 새로 지어진 이 거대한 마을의 하얀 집들 속에서 처음 이곳을 보자마자 나는 안달루시아 지방의 분위기를 느꼈다. 예를 들어 그라나다에서는 환하게 타오르는 물라센 봉의 눈을 바라볼 수 있다. 그러나 스파르타의 서쪽에 있는 에우로타스 강은 황폐한 지역 사이를 흘러내리면서 타이게토스 산과 숭고한 조화를 이룬다. (비록 그 숲 속에서는 낭만주의의 모든 현악기들이 울려 퍼지고 있지만) 맹렬하고 조용하고 건전하고 고전적인 타이게토스는 인생이 어디서부터 흘러가는지를 판가름하도록 알려

주는 산봉우리들을 우리에게 비추고 있다. 이 영원한 평원은 인
본성보다 더 높은 지고의 상태를 표현하고 있다. 내가 이 유명한
풍경 속에서 처음 느낀 것은 서양에서 가장 아름다운 것, 한마디
로 말하자면 바로 고결함이다.

에우로타스 강에서의 저녁나절

대부분 고대 로마의 것인 몇몇 조잡한 잔해물들은 스파르타의 옛
위치를 알려줄 뿐입니다. ── 여행 안내원

나는 스파르타의 법정 판사에게 보낼 편지 한 장을 가지고 있었
다. 나는 그에게 나를 플라타니스타스고대 스파르타의 교육훈련 및 종교
행사장로 안내해 주기를 간절히 바랐다. 그는 난처해했고, 그것에
관하여 대광장에 있는 어느 약사와 상의하기를 원했다. 우리는
가게에서 의견을 주고받았다. 나는 조안이란 사람이 말하는 내
용들을 알아차렸다.

원쪽으로는 늪지대의 땅이, 오른쪽으로는 프시시코 마을이
자리하는 에우로타스 강을 따라가면서, 우리는 에우로타스 강
과 마구리차 강이 만나 일종의 삼각주를 형성하는 운하를 건너
갔다. "여러분! 이곳이 당신들의 플라타니스타스요."

내가 그들에게 그곳에 대해 가르쳐 주는 동안 의자 옆에 서
있던 나의 안내원이 장미 바닐라 향 독주를 자신의 항아리들 중
에서 찾아냈다.

그는 세 개의 유리잔에 그것을 채우면서 "파리의 가장 새로

운 마실거리지요"라고 말했다.

나는 그에게 강장제 몇 알을 부탁했다. 그는 모든 이들이 그것을 먹는다고 털어놓았다.

이 두 명의 친절한 스파르타인은 파리의 박람회를 방문하려고 준비하고 있었다. 조안이 손을 잡고 나를 플라타니스타스로 안내해 주는 동안, 법관은 밀로의 비너스를 곧 볼 수 있다는 애국심 가득한 기쁨을 나에게 말해 주었다. 바닐라 독주의 영향 덕택에, 나는 우리가 팔이 불구가 아닌 국가적 비너스 상을 가지고 있으며 그가 폴리베르제르파리 시내의 뮤직홀에서 그것을 접하게 될 거라고 말할 수 있다고 생각했다. 우리 세 명은 친구가 되었다. 우리는 아르부투스 나무와 스피로라고 불리는 다육식물로 둘러싸인 반늪지대를 가로지르고 서른 개의 관개수로를 건너 무기력한 에우로타스가 구불구불한 지대를 드러내는 광활한 자갈 지층 속으로 내려갔다.

반쯤은 미안해하듯, 반쯤은 자만하듯 내 동료들은 거친 그리스 말투로 나에게 반복하여 말했다.

"그 유명한 스파르타가 바로 여기 있노라!"

그리고 그들은 파리의 식당들을 극찬했다. 나는 그들에게 붉은 모래로 덮인 높은 급경사면의 다른 편 기슭을 바라보게 했다.

"여러분! 바로 이곳이 당신들의 메넬라오스 왕의 무덤이 있는 곳입니다."

나는 갈대 사이에 있는 몇 개의 협죽도 가지를 꺾었다. 그렇지만 나는 에우로타스에서 백조가 헤엄치는 것을 결코 보지 못했다.* 그 사건은 그들의 쉰 목소리가 노래했던 죽음의 전주곡을 수세기 동안에 걸쳐 정당화해 왔다. 옛날 스파르타의 처녀들이 온몸에 기름칠을 하고 나체로 사내아이들과 싸움을 벌였던 벌판에서 어느 가엾은 소녀가 고집을 부리는 돼지를 마구 때린 적이 있었다. 바로 이곳이 헬레네가 메넬라오스 왕의 침대 속으로 들어갈 준비를 마쳤을 때 시녀들이 그녀에게 푸른 백합 왕관을 땋아 엮어 주던 곳이다.

나는 구테이온으로 향하는 길을 따라 몇백 걸음 나아갔다. 광활한 뽕나무와 옥수수밭에 잠들어 있는 불행과 실망과 그 모든 운명들은 그 풍요의 땅을 지나는 통행객들을 괴롭히고 있다. 미남 파리스가 크라나오스 섬**을 향해 자신의 연인을 데려갈 때의 그 길을 나는 따라나섰다. 그 섬에 있는 그들의 첫날밤 침대는 덧없는 쾌락을 위해 마련되어 있었다. 헬레네가 자신의 불행과 영광을 위해 자신의 본능에 굴복하는 그날 저녁처럼 가장 무거운 열기가 이어지고 있었다. 타이게토스의 거대한 그늘을 벌써

---

* 목욕을 하고 있는 레다를 보고 반한 제우스가 백조로 위장하여 그녀를 겁탈한 곳이 바로 에우로타스 강이다. 이 사건을 은유하고 있는 것으로 보인다. 헬레네는 이 사이에서 태어난 딸이다.
** 크라나오스 왕은 코린토스 해협의 섬에 자신의 이름을 붙여 사용했다고 한다.

경험해 보았던 바로 그곳으로부터 바다를 향해 난 길 위에서 스파르타의 마지막 왕 클레오메네스 3세가 도망치는 모습을 느낄 수 있었다. 클레오메네스는 마케도니아의 결사대가 스파르타의 용맹스런 군대를 공격하기 시작했던 셀라시아 언덕에서 전속력을 다해 아래로 내려오고 있다. 그는 몇 분 동안 어느 사원의 기둥에 기대고 있다. 그러고 나서 더 이상 먹지도 마시지도 않고, 헬레네와 파리스가 그랬던 것처럼 구테이온과 바다를 향해 길을 나섰다. 도망치는 두 연인과 이 패배자는 라케다이몬의 연대기를 보여 주기도 하고 감추기도 한다.

우리는 스파르타의 어느 한 카페로 되돌아왔다. 그리고 판사는 카드 놀이를 하는 친구들에게 레오니다스*의 무덤이 어디 있는지를 물어보았다. 죽을 먹을 시간이 되었지만 그들은 산울타리 뒤쪽으로 무리를 지어, 정원과 비슷한 장소로 나를 안내했다. 그리고 나에게 말했다.

"바로 이곳입니다."

구불거리는 작은 언덕 위에서는 스파르타의 진짜 모습을 찾아볼 수 없다. 레오니다스의 무덤 가까이에서 아이들이 테르모필레에서 죽은 300명의 이름의 철자를 하나하나 읽고 있었던

---

* 스파르타의 왕으로서 300명의 소수정예로 페르시아군에 맞선 테르모필레 전투에서 장렬히 전사했다

기념비는 과연 어떻게 되었단 말인가? 그리고 머리에는 베일을 쓰고 발에는 족쇄를 차고 앉아 있는, 하인들의 미덕을 상징하는 삼나무 비너스 상은? 청년들을 채찍질하던 타우리스의 이피게네이아를 빼돌렸던 디아나 여신은?[**]…… 그렇지만 아마도 죽은 자의 명성을 간직하고 있을 돌멩이들은 추모를 위한 제단의 예식이 사라져 가듯 더 넓게 흩어질 것이다. 평원 전체가 영웅들을 위해 바쳐진 유적이 된다. 그리고 오늘 저녁에는 수평선, 역사, 그리고 나의 보잘것없는 생각이 잊지 못할 조화를 이루고 있다. 태양은 타이게토스 산 뒤로 사라져 버렸고, 화려했던 광채는 점차 꺼져 가면서 열기로 이어진다. 나는 여전히 스파르타의 계곡에 도취되어 있다.

　모든 곳에서 자연은 신의 비밀을 밝힐 수 있다. 그러나 나는 위대한 인간들의 무덤 위에서 단지 그 신을 향한 송가만을 들을 수 있을 뿐이다.

[**] 트로이 원정을 준비하던 그리스군은 배를 움직여 줄 바람이 불지 않아 출정을 하지 못하고 있었다. 예언자 칼카스는 아가멤논 왕에게 아르테미스 여신(=디아나 여신)의 노여움이 원인이며, 이를 풀기 위해서는 왕의 딸 이피게네이아를 신전에 바쳐야 한다고 했다. 고민하던 아가멤논이 결국 이피게네이아를 신전에 올리자 아르테미스는 그녀를 불쌍히 여겨 제물을 사슴으로 바꿔치기하고, 그녀를 타우리스로 데리고 가서 신관으로 삼는다. 이피게네이아는 그곳에서 외국인들을 제물로 바치는 끔찍한 일을 맡아 하게 된다.

스파르타의 고전적인 아침나절

오늘 아침 나의 시선과 마음은 활기에 차 있다. 그것은 헬레네의 아름다움이 어루만져 주었던 대기를 내가 들이마시고 있기 때문이다.

오늘 아침 사이좋은 나의 동향인 클로드 절레*를 생각하며 산보를 한다. 그는 나에게 원시시대의 사랑에 관해 가르쳐 주고 있다. 그리고 지평선 너머 북아르카디아에는 믿을 수 없는 신화 속 인물들이 거주한다는 것을 나에게 알려주었다.

에우로타스 강에서 이렇게 아침나절을 보내고 있는 동안, 피렌체의 바르젤로에서 미켈란젤로가 레다의 품속까지 안내해 주었던, 사랑에 미친 백조가 떠돌고 있었다. 스파르타 강기슭의 대표로서, 백조는 그들의 환희로부터 동정녀가 태어나게 하기 위해 라코니아 국가와 하늘을 섬광처럼 지나가면서 여왕을 엄습하고 있다.

전율하는 플라타너스들은 헬레네의 친구들이 결혼식 저녁

---

* 17세기 프랑스 화가 클로드 로랭(Claude Lorrain)의 본명. 로랭은 목가적 이상향으로서의 아르카디아 지방을 묘사하는 데 공을 들였다.

에 향기 나는 모자를 매달아 놓았던 울창한 플라타너스 나무의 손자 조카들인 셈이다. 도시에서 가장 키가 큰 열두 명의 처녀들이 보랏빛 히아신스로 머리를 치장하고는 새로 꾸민 방 앞에 합창대처럼 서 있었다. 그 방 안에는 금발의 메넬라오스가 젊은 시녀와 함께 들어앉아 있었다. 그리고 여인들 모두는 박자에 맞춰 발을 교차시키면서 노래했고, 집은 결혼 송가로 울려 퍼지고 있었다. "오! 젊은 신랑이시여, 그렇게 일찍 잠에 빠져드시나이까? 그대는 무릎에 어떤 무거운 짐을 지고 있습니까? 그대는 잠자리에서 욕정을 일으키기 위해 그렇게 많이 술을 마셨나이까? 그대가 졸음에 겨우면 그 소녀는 어머니 곁에서 아침까지 자신의 동료들과 즐겨 놀 수 있도록 내버려 두어야만 합니다." 이 아름다운 노래, 육체와 영혼의 이 조화로움, 그러나 반대로 내 나름대로 표현하자면, 서로 가슴과 가슴을 맞대고 부드러움과 욕망을 곧 호흡하려는 젊은 신랑들에게 스파르타의 소녀들이 바치는 이 아름다운 '축배'는 젊은 병사들을 위한 티르타이오스스파르타 군의 사기를 고무하는 군가를 지은 고대 그리스 시인의 정열적인 세 가지 교훈과는 전혀 어울리지 않는다. "단합된 용기로 적의 타격에 당당히 맞서는 자들 중에서 몇몇만이 죽어간다. 그들은 마침내 그들의 민족을 구하고 만다. 그러나 용기 없는 자들은 모든 힘을 잃어버리고, 얼마나 많은 이들이 악의 소굴에 휘말려 들었는지는 아무도 알 수 없다. 먼지 속에 쓰러져 있는 시체, 창의 끝날이 등을 꿰뚫고 지나간 그 시체를 바라보는 것은 정말 비참한 일이다. 그렇지만 이빨로 입술을 깨물면서, 넓은 혁띠가 달린 타원형 가죽으로 허벅지와 가슴과 어깨를 뒤덮고, 오른손으로는 튼튼한 창을 휘두르면서, 머리에는 무시무시한 갈기를 흔들면서, 마침내 굳건한 발걸음으로 행군하는 바로 그 사람이야말로 아름다운 자이다."

아주 직설적인 이 시구들, 즉 청춘의 기상에 대한 이 찬가들을 듣고서 에우로타스의 버드나무 숲 속에서 각성하게 된다면 사람들은 황홀하게 죽어 갈 수 있다고 생각할지도 모른다. 그러한 이미지와 우리들 사이에는 그 어떤 것도 가로놓여 있지 않았다. 벌거벗은 두 팔이 우리의 영혼을 사로잡고 있다.

라케다이몬의 소녀들에게 노래를 가르쳐 주며 오랜 삶을 보내고 황혼 길에 들어선 늙은 시인이자 스승 알크만은 물총새들이 힘이 없어 더 이상 날아오를 수 없을 때 젊은 암컷들이 그들을 흥분케 하는 것을 부러워했다. 만약 우리들이 태고의 영웅들을 이해할 수 있을 때까지 거슬러 올라간다면, 그것은 스파르타의 자연적인 아름다움이 우리를 그 날개 위에 태워 가는 것이다.

사라진 고귀한 혈통에 대한 시는 구절에서 구절로 넘어가듯 언덕에서 언덕으로 울려 퍼지고 있다. 도리아인의 생각은 우리에게 창과 현악기의 소리를 들려주기 위해 잠들어 있는 계곡들로부터 떠오르고 있다. 모든 평원의 번쩍이는 광채는 화파畵派에 대한 나의 이미지를 쇄신시켰다. 오늘 아침 레오니다스는 다비드 화파의 것이 아니었다. 다비드「테르모필레의 레오니다스」를 그린 화가 자크 루이 다비드는 과장된 스타일을 놓쳐 버렸고, 우리가 플루타르크 영웅전의 해석자들을 통해 레오니다스에 대해 알게 되었던 간결하고 감동적인 이상이 제대로 표현되었는지도 의심스럽다. 거기서 과연 영웅들은 어떠했을까? 스파르타의 젊은 모델로서 카스토르와 폴리데우케스는 내게는 쉽게 이해될 수 있다.

이 두 난폭꾼은 오늘날에도 여전히 단절되어 있는 타이게토스 산맥 절벽 끝의 어두컴컴한 소나무 숲 속에서 유년 시절을 보냈다. 그들이 저지른 침략 행위보다도 훨씬 더 잘 그들의 도덕성을 드러내고 있는 것은 이다스와 린케우스의 약혼녀들에 관한 이야기이다.* 헛되지만, 젊은 린케우스는 그들에게 애써 가장 호의적인 충고를 해주었다. "레우키포스는 오래전에 그의 딸들을 우리와 약혼시켜 주었습니다. 우리는 이미 그것을 위해 서약했지요. 그렇지만 당신들은 이미 선포된 이 결합을 무시하고 은밀하게 황소와 노새들을 건네주고 그분의 의지를 바꿔 놓았습니다. 당신들의 행위는 우리의 약혼녀들을 낚아채 갔습니다. 분명

---

* 카스토르와 폴리데우케스는 제우스와 레다 사이의 쌍둥이 아들이고, 이다스와 린케우스는 메세네 왕 아파레우스와 아레스 사이의 쌍둥이 아들이다. 이들은 사촌 지간이었는데, 이다스와 린케우스와 이미 약혼한 상태였던 레우키포스의 딸 힐라리아와 포이베를 카스토르와 폴리데우케스가 납치하여 결혼하자 이들 사이에서는 비극적인 싸움이 나게 된다.

히 말하지만, 스파르타는 거대한 도시입니다. 지혜롭고 아름다운 이곳의 수많은 소녀들은 부모 슬하에서 성장했고, 당신들은 당신들이 선택하는 소녀와 결혼하는 것이 그리 어려운 일이 아닙니다. 소녀들의 아버지는 귀족 집안의 약혼자를 찾고, 당신들은 영웅들 중에서 특히 뛰어난 영웅들이며, 훌륭한 아버지 못지않게 훌륭한 어머니를 두었기 때문입니다. 친구들이여! 우리의 결혼식이 이루어지도록 허락해 주시오! 우리는 당신들이 원하는 대로 하도록 도와줄 것입니다. 그렇지만 당신들이 결투를 원한다면, 그리고 창에 피를 묻히기를 원한다면 그렇게 하세요. 그러나 제발 강건한 폴리데우케스와 이다스는 결투를 삼가 주소서. 그보다는 카스토르와 제가 싸움을 벌이게 하소서. 왜냐하면 우리들이 더 젊기 때문입니다. 부모님께 치유할 수 없는 고통을 남겨 두지 마세요. 각각의 가정에는 한 사람의 시체만으로도 충분합니다. 살아남는 이는 친구들을 다시 만나겠지요. 그리고 죽음 대신 약혼을, 마침내 소녀들과의 결혼을 맞이하게 될 것입니다." 존경스런 린케우스는 이와 같이 언급한다. 그러자 카스토르는 넓은 칼로 옆구리에서 배꼽으로 칼이 튀어나올 만큼 그를 찔러 살해한다. 마찬가지로 이다스 또한 목숨을 잃었다.

영웅의 이름은 우리를 속인다. 그 이름하에서 프랑스의 엘리트는 희생과 예의 바른 정신을 존경해 마지않는다. 그러나 스파르타가 사내 자식들의 모델로 제시하는 카스토르와 폴리데우케스는 타이게토스로 피신해 들어간 그들의 동료들이다스와 린케우스 과는 거리가 멀다. 이들은 두 명의 폭군들이다.

스승들은 자연이 옹졸한 그들의 정직한 정신에 목가적인 욕구를 채워 주기를 원한다. 그들 스파르타 학교의 교육 방식은 얼마나 우스꽝스러운가? 그러나 어쨌든 이러한 우화는 기가 막힌 소동을 불러일으켰다. 1806년 8월에 샤토브리앙은 에우로타스 강의 기슭에서 전력을 다해 외쳤다. "레오니다스!" 그것은 바로 켈트족 열정의 순수한 폭발이었다. 프랑스가 이 숭고한 예나의 시골 지방을 뒤흔들던 때1806년 프랑스군은 중부 독일의 예나에서 프로이센군을 격파하였다에 이 브르타뉴프랑스의 서부 끝 지방 사람은 영광을 존중하면서 자신의 나태함을 달래고 있다.

나는 이처럼 스파르타에서 아침나절의 언덕들 사이로 나만의 고전적인 향수의 흔적에 도취되어 꾸물거리고 있었다. 나는 거기서 고통스러워 하지 않고 즐길 수 있는 아름다움을 발견하고 있다. 그런 아름다움이 충족시키는 마음은 항상 이성적인 상태로 남아 있기 마련이다. 그 아름다움은 자만심에 젖은 독립심을 우리에게 남겨 준다. 자연, 역사, 시의 조화는 절망스러운 모든 요소들을 정화시킨다. 섬광을 발산하는 냉혹한 이 부산물들 근처에서 나그네는 호흡을 가다듬고 지나치게 활기찬 아름다움에서 깨어나기를 바라고 있다.

가끔씩 나는 근엄한 타이게토스 산의 아래턱에 있는, 과수원과 가시덤불로 뒤덮인 작은 마을까지 나아갔다. 파로리, 트리피, 나는 가장 화려한 정원으로 베일을 쓰고 있는 너희의 섬광을 이렇게 표현하고 있다. "나는 이곳에 그대의 향기를, 분수의 속삭임을, 그리스를 완전히 무미건조하게 만드는 대조의 요소를, 그대가 신선하게 만들어 내는 열기를, 그리고 각각의 여행객이 필수적으로 그대에게 가져다주는 숭고함이 깃든 정신을 바로 이곳으로 실어 나를 수 있었습니다."

나는 산책하는 도중 우연히 여러 차례에 걸쳐 프랑스의 가장 오랜 시골의 몇몇 저택들이 내뿜는 냄새를 맡을 수 있었다. 오베르뉴 지방 밤나무 숲 속 저택의 닫혀진 창문을 나는 기억하고 있다. 녹이 슨 창살의 뒤쪽에는 엉겅퀴들과 야생 귀리들이 뒤엉켜 있었다. 그리고 정원에는 고사리 덤불이 우물의 둘레돌을 향기롭게 적시고 있다. 뇌이쉬르센에서와 마찬가지로 매일 나는 생잠Saint-James의 신중하고 조용한 벽 사이로 거닐고 있다. 죽음을 연상시키며 아주 비밀스런 센 강의 비탈길을 따라 펼쳐지는 이 수수께끼 같은 지역은 내 기억 속에서 살아 있는 파로리의 정원과 일치하고 있다. 그러나 라코니아의 집들, 레몬나무 숲 아래서의 향기, 태양 빛, 곤궁함 등은 겹겹이 결들이 겹친 높은 돌 성벽 뒤에서 우리들과는 전혀 무관한 꿈을 간직하고 있다. 만약 내가 궁전의 한 귀부인의 결혼식에 참석하는 일이 있다면, 내 마음은 유년 시절의 여자친구를 젊은 남편이 사는 집으로 데려다 주는 것보다 덜 고통스러울 것이다. 파로리와 트리피의 정원들, 내가 며칠 동안 동행하고 다녔던 곤궁함과 비밀을 담고 있는 현란한 그 아름다움들, 그대의 행복을 정확히 이해할 수 없고 싫어 나를 수도 없는 우리의 슬픔은 바로 우리가 결코 즐겨 볼 수 없는 행복이기에 서서히 예감으로나마 누그러들고 있다.

정오 무렵이 되어 나는 파로리 우물의 둘레돌 위에서 쉬고 있었다. 남편들이 트로이에서 헬레네를 위해 죽어 갈 때, 옛 스파르타의 여인들은 과실수들이 그늘을 드리우는 흐뭇한 이 작은 연못가에 모여들었다. 바로 그 돌멩이들 위에, 터키의 노예가 되어 투명한 반▶베일의 모슬린으로 얼굴을 덮은 그들의 손녀들이 앉아 있었다. 그들은 평화로움과 서늘하게 불어오는 바람을 느끼며 이 아름다운 전원의 장소에 젖어 있었다.

아포테타이의 암벽

스파르타 서쪽에 위치한 에우로타스 강과 타이게토스 산맥 사이의 벌판에서 나는 결코 길을 잃은 적이 없었다. 올리브, 단풍, 플라타너스 숲 덤불과 포도나무에 휘감긴 뽕나무들 덕택에 보리와 옥수수의 투명한 그늘 속에서 모든 채소와 꽃들은 무성하게 자라났다. 발걸음마다 작은 도랑들은 신선함을 더해 가며 속삭이고 있다. 타이게토스 산 정상을 뒤덮고 있고 산허리마다 그침 없이 흘러내리고 있는 눈이 타오르는 대지를 적시고 있다. 그러나 이 파라다이스는 하나의 무덤이기도 하다. 게다가 사이프러스 나무는 가장 서글픈 애통함을 추모하고 있다.

이 협소한 무대 위에서는 탁월한 하나의 종족이 그들의 모습을 대변해 주고 있었다. 이곳의 계곡과 급류와 폐허는 청순한 빛의 물결 아래서 옛 통치의 흔적을 드러내고 있는데, 파샤들의 후궁harem에 사로잡혀 있는 그리스 여인들처럼 눈물겨워 보인다. 그것들은 젊은 세대에게 장대하고 근엄한 도리아식 전통을 물려받게 한다. 새로운 왕국으로 하여금 터키의 전통을 활용하게 하고, 필요하다면 그것을 말살시키면서 말이다.

내가 만약 부유한 그리스인이었다면 아테네에는 병원도 학교도 세우지 않을 것이다. 오히려 스파르타에 보조금을 지불할 것이다. 그리고 나는 스파르타 언덕 위를 애국의 순례지로 그려 낼 것이다. 이어서 나는 그리스에 온 젊은 알바니아인들을 그리스인이 되게 하기 위해 그곳으로 보낼 것이며, 파로리의 번뜩이는 암벽 요새 입구에서 오랜 시간 동안 명상에 잠기도록 해주고 싶다.

누구든지 타이게토스의 첫번째 절벽에 있는 아포테타이의 높은 바위를 찾아갈 수 있다. 스파르타는 근엄한 전사로 만들 수 없는 모든 아이를 그곳으로 몰아갔다. 적성에 맞지 않는 것을 포기시키는 것은 얼마나 훌륭한 일인가.

스파르타는 시민들의 재탄생을 직접 관리할 것을 주장했다. 젊은이들은 무용과 전투를 배웠으며, 사람들은 그들의 관능적인 꿈을 여러 가지 방법으로 지연시키고 억압했다. 처녀들은 베일을 쓰지 않았다. 소년은 그가 결혼하기를 원하는 소녀를 무력으로 납치해야만 했다. 결혼식 날 저녁 부인은 남자 옷을 입고 있었다. 은밀한 강간 행위 때마다 그녀는 슬그머니 사로잡혀 주어야만 했다. 입법권자는 부드러움과 충만함을 그만큼 두려워했나 보다. 누군가 임신을 하면, 태어날 아들이 완벽한 덕성을 갖추게 하기 위해 사람들은 젊은 부인의 주변에 히아킨토스, 나르시스, 카스토르, 폴리데우케스 등의 그림을 장식해 주었다. 기형의 아들이 태어나면 그를 죽여 버렸다.

모호한 부분도 있긴 하지만, 전체적으로 이 광범위한 합리적인 관찰들에 나는 매료되고 있다. 숭고한 하나의 인본성을 구축하려고 노력했던 지구상의 관점 중 하나가 바로 이런 것이다. 인생이란 목적이 없음에도 불구하고 인간이 하나의 꿈을 쫓아갈 필요가 있다는 것은 지극히 당연한 일이다. 리쿠르고스^{스파르타의} ^{전설적인 입법자}는 이 계곡의 사람들에게 가장 우수한 종족의 형성을 제안했다. 스파르타인들은 단명하는 개인의 최고 통치권을 추구하지 않는다. 그들은 귀족 혈통을 창조하고 유지하는 것을 추구한다.

나는 일반적으로 사람들이 스파르타의 자존심 강한 무정함에 관하여 이야기하는 모든 것을 알고 있다. 그런 비판가들은 열등한 정신을 느끼고 있다. 나와 동향인 바송피에르 장군^{17세기 프} ^{랑스의 장군}은 라케다이몬의 풍습을 읽고 있던 어느 날, 총사들을 접대하면서 그들에게 말한다. "여러분, 실제 저는 모든 라케다이몬 사람들이 나름대로 수도사들이고 총사들이라고 주장할 것입니다." 생각하건대 나는 스파르타의 놀라운 종마 사육장을 존중한다. 그곳 사람들은 정신적 소망으로서 그들의 사육 방식을 간직하게 했던 어떤 방식을 가지고 있었다.

내 열망의 동기들

에우로타스 계곡 너머에 있는 부를리아 지방의 카니로부터 떠나와 처음 눈길에 비친 타이게토스의 수많은 무리의 바위들에 대한 수수께끼 풀이와 동경에 빠져 있었을 때 나는 어떤 것도 분석할 수 없었다. 정확한 이유를 밝히지 못한 채, 나는 처음부터 가장 감각적인 터키의 전통 이미지들에 대한 불쾌감을 참고 있었다. 나는 향이 강한 고급 국수, 수가 놓인 아시아풍 베일, 장미와 나이팅게일을 교환하는 애가* 따위의 이야기를 더 이상 하지 말아 달라고 말했다. 젊은 아킬레우스가 스키로스의 소녀들 사이에 살고 있을 때, 그리고 갑자기 그가 창과 방패를 알아보았을 때,** 그가 느꼈던 그 감동을 타이게토스는 곳곳에서 불러일으킨다. 그렇지만 내가 헬레네와 리쿠르고스의 땅을 돌아다닌 다음

---

* 페르시아의 전설에 따르면, 원래 장미는 하얀색이었는데 그 아름다움에 빠진 나이팅게일 새가 이를 품으려다가 날개에 찔려 죽고, 그때 흘린 피 때문에 장미의 색이 붉어졌다고 한다. 이 전설에서 모티프를 얻은 오스카 와일드의 단편소설도 있다.
** 아킬레우스가 트로이 전쟁에 참여하면 죽고 말 것이라는 신탁을 받은 그의 어머니 테티스는 아킬레우스를 스키로스의 왕 리코메데스에게 보내 여장을 하고 왕의 딸들과 섞여 지내게 했다. 전쟁을 이기기 위해 용사 아킬레우스를 찾아온 오뒷세우스는 왕의 딸들 앞에 장신구를 늘어놓으면서 그 사이에 창과 방패를 섞어 놓음으로써 아킬레우스를 찾아낸다.

나는 내 열정에 현실적인 기본 바탕을 제공해 주길 바라고 있다.

에우로타스 강이 광활한 자갈 침대 속으로 보잘것없이 흘러드는 라케다이몬의 계곡은 메넬라이온메넬라오스의 이름을 딴 스파르타의 성소의 해돋이와 타이게토스의 황혼 무렵에는 닫혀 버린다. 그 계곡은 너비가 몇 킬로미터나 된다. 그것은 급격한 곡선으로 굴절되고 있다. 그리고 화려한 작은 골짜기들은 메마른 구릉지로부터 뚜렷이 구분되어 드러나고 있다. 이 굴곡, 꿈으로 가득한 간절한 갈망과 짜증스런 도피감이 붉은빛 메넬라이온의 감동적인 테라스에서 조화를 이루고 있다. 그러나 공상적인 이 모든 것은 타이게토스의 광활한 권력에 굴복하고 있다.

타이게토스는 어두컴컴한 주름을 드러낸 위압적인 암석층 위에 자리 잡고 있다. 그것은 아래쪽 바닥으로 검고 푸른 숲으로 가득한 채, 능선과 넓은 지맥으로 완전히 무장한 채, 깊은 협곡들로 휘감겨 있다. 강력한 돌출부가 평원을 침범하거나 짓누르고 있다. 그리고 거기서는 고대의 전쟁 마을들이 영웅의 모습으로 죽어가는 것을 볼 수 있다. 이러한 초기 건축물 위로는 어마어마한 급경사가 치솟아 오르고 있다. 다시 그 위에는 마치 건물의 3층과 같이 얼음덩이와 눈밭으로 이뤄진 야생 지역이 펼쳐지고 있다. 그리고 그보다 더 높은 곳에서는 일련의 봉우리들이 변화무쌍한 감탄스런 모습으로 나열되어 있다.

산등성이, 컴컴한 숲, 깊은 구렁, 무지개 빛의 정상, 얼음이 엄

청나게 솟아 있는 정중앙에서 타이게토스는 갑작스레 찢어진 틈 사이로 뜻밖의 굉장한 소리를 울려 퍼지게 한다.

관능성을 복돋우는 평원에 폭넓게 기대어 눈 덮인 다섯 개의 봉우리를 하늘 속으로 솟구치게 하는 타이게토스의 기세에는 얼마나 강한 힘과 위대함이 도사리고 있는가! 아무리 뻔뻔한 작가라 할지라도 이렇게 화려하고 강력한 풍성함을, 결코 모호하지 않은 완벽하고 견고한 이 색채를, 이 거대하고 투박스런 다양성을 묘사하지는 못할 것이다. 이러한 모습은 오렌지나무 숲에서부터 광채를 띠는 얼음덩이에 이르기까지 부드럽게 층층이 겹치고 있다. 이 야성적인 덩어리가 내뿜는 정신을 과연 어떤 서정주의의 표현이 그려 낼 수 있단 말인가? 이것은 아마 나의 스승 르콩트 드 릴과 상원 의사당에서 만날 때, 그분이 이야기를 나누고 있던 자그마한 남자가 내가 생각했던 바로 그 사람, 빅토르 위고임을 알고 마음 속에 충격을 받았던 그날, 완전히 새롭게 살아나는 내 젊음의 열정과 유사한 힘일 것이다.

두꺼운 바위들을 가로질러 빛나는 타이게토스, 스파르타의 이 거대한 영혼이 에우로타스 강의 음탕하고 서글픈 관능을 우리에게서 낚아채 가다니…….

헬레네와 함께 구테이온으로 향하는, 에우로타스 강에 숨은 습기 찬 계곡길로 휘말리게 하면서 우리를 매혹시키지도 못한 채 마음을 흔들어 놓는 이 어처구니없는 도망 길! 산 뒤쪽으로

미끄러지는 태양이 여전히 봄을 전율시키는 시간에 키테라 만을 향해 흘러드는 꼬부랑길들은 관능적인 모습의 출발 지점에서부터 갈기갈기 찢어지며 끝없이 펼쳐지는 경치를 이루고 있다. 마흔 살에 내가 정착하고 싶은 곳이 바로 스파르타이다. 스파르타는 베네치아처럼 쾌활함 속에서도 부드러운 분위기가 느껴지는 곳은 결코 아니다. 톨레도처럼 전쟁터에서 명령을 내리지도 고함을 지르지도 않는다. 그럼에도 불구하고 스파르타는 예루살렘을 벌벌 떨게 만든다. 타이게토스는 아폴로를 위한 찬가를 노래하기 시작한다.

시심에 잠긴 마음, 만약 그 마음이 죄악에 빠진 평원을 벌벌 떨게 하는 산의 용맹함을 단 한번이라도 알고 있다면, 그것은 하나의 이상적인 세계를 위해 죽기를 원하는 것이다. 영웅이 되려는 마음의 의지는 명쾌하고 기쁘게 솟아나고 있다. 이제 도시의 품속에 젖은 고결한 휴식과 화려하고 확고한 기억 외에는 어떤 것도 그 마음을 만족시키지는 못하리라.

어떠한 망설임도 어떠한 탐구심도 되살아나지 않는다. 스파르타는 영원히 인간들의 조련자이다. 견고하고 잘 마련된 세 가지 특징*은 스파르타의 정신을 이끌어 가기에 충분하다. 스파르

---

* 리쿠르고스가 확립한 스파르타인의 세 가지 덕목으로 언급되는 시민 간 평등, 군사적 적합성, 엄격성을 지칭하는 것으로 보인다.

타는 하나의 체계적인 정신으로부터 불쑥 튀어나오지는 않았다. 그것은 그 고장의 필연적인 창조 작품이었다. 타이게토스는 경멸적인 자부심으로 리쿠르고스의 그 유명한 교훈들을 암시하는 환상적인 평원 위에 서 있는 풍경이다.

붉은빛 메넬라이온의 영원히 비극적인 언덕들, 에우로타스! 바위와 월계수로 황량한 그곳, 다섯 개의 손가락을 가진 타이게토스의 화려한 산꼭대기들, 그대의 요동치는 영혼이 되기 위해 그대들이 이룩해 놓았던 민족은 오래전에 이미 사라져 버렸지. 그대들은 수많은 자갈 위로 바로 그대들의 섭리를 계속 뿌리고 있도다. 헬레네와 리쿠르고스의 조국이 간직하고 있는 자연의 힘은 그대로 머물러 있다. 이렇듯 고요한 숭고함은 틀에 박힌 역사를 무시하고 있고, 그리고 그 숭고함은 그 도시가 살아 있든 아니면 사라져 버렸든 계속 말하고 있다.

신성한 젊음의 대기는 타이게토스 전체를 영구히 에워싸고 있다. 타이게토스의 눈밭 위로 나는 켄타우로스반인 반마의 괴물가 떠돌아다니는 것을 보고 있다. 카스토르와 폴리데우케스는 산중턱 숲 속에서 말을 타고 창 겨루기를 하고 있다. 음탕한 여자들의 신비로운 행렬이 무시무시한 소리를 지르며 달려가고 있다. 그러한 분노는 무엇을 의미할까? 왜 스파르타의 이 소녀들은 주홍빛 뺨으로 손에는 지팡이와 횃불을 들고 원피스는 무릎까지 걷어 올리고 있을까? 시인들과 함께 디오니소스가 마음 깊숙이 담아 두었던 그 여인들을 찬양하자! 디오니소스는 가장 관대한 결심을 불러일으킨다. 그는 승리로 자신감이 넘치는 사관 생도 같은 민족을 만들어 낸다. 카산드라예언 능력을 가진 트로이의 공주는 제단 위에서 강간을 당했다. 백조는 레다를 괴롭힌다. 플라타니스타스의 젊은 소녀들은 남편과 함께 감금된 젊은 부인에게 영원한 결혼 축가를 불러 주고 있다. 바로 그날 저녁 파리스는 구테이온에서 헬레네를 취하게 된다.

스파르타 박물관의 헬레네

스파르타의 초라한 박물관에서는 수많은 부조 작품 중에서 제우스의 아들 디오스쿠로이 형제카스토르와 폴리데우케스를 함께 이르는 말를 찾아볼 수 있다. 그들은 대개 말에 굴레를 씌우고 있다. 가끔씩 그들은 챙이 큰 마술사 모자를 쓰고 나체로 서 있다. 그들은 창에 기대어 있다. 두 형제들 사이에서 그들의 누이 헬레네는 고풍스런 우상의 자세를 취하고 뻣뻣하고 벌어진 폴로 모자로 머리를 장식한 채 서 있다. 그녀의 손에 있는 것은 보석인가? 부서진 고리인가? 이 두 남자 사이에서 서글프고 불투명하게, 그리고 아마도 쪼그린 듯이 수백 년의 흐름 속에서 슬픔, 공포, 욕망의 감성들을 나에게 보내 주고 있다.

말하자면, 그녀는 바로 깊은 바닷속으로 들어가기 전에 작은 조각배와 같다……

아시아의 엽초葉鞘 속에 갇혀 있는 이 헬레나는 여전히 피어나지 않은 목련꽃이다. 그녀는 다음 날 새벽에 피어날 때 스스로를 튤립으로 탈바꿈시켜야 한다. 그러나 박물관의 이 투박한 헬레네는 경이로운 장미나무의 향기와 빛깔보다 더 아름다운 어떤 것을 간직하고 있다. 트로이의 성벽에 갇혀 있는 동안 그녀는 자신이 희생의 제물이 된 전투를 지켜보았다. 얼마나 굳건한 침묵인가! 얼마나 멀고먼 시선인가! 타이게토스의 산등성이들과 그곳의 호전적인 갓돌들은 이 본래의 헬레네 위로 그늘을 드리우고 있다.

비록 그녀가 곳곳에서 감동을 불러일으킨다 할지라도, 툰다레오스스파르타의 전설적인 왕으로서 레다의 남편의 고장이 최고의 풍경이라고는 생각하지 마시길. 그녀는 이 계곡에서, 에우로타스와 타이게토스에서 태어났다. 헛되이도 수많은 시대를 거쳐 그녀는 위대한 모험을 제시하고 있고, 그녀의 전설은 불멸의 모델 형태를 간직하고 있으며, 그녀의 관능성은 영웅적인 이웃 지역에 자신만의 제국을 이루게 하고 있다.

헬레네가 세상에 알려졌던 그 이후로 괴테는 그녀를 품속으로 끌어안았다괴테의 『파우스트』 2부에서 헬레네가 파우스트의 연인으로 등장한다. 그리고 그 늙은 선지자는 스파르타의 수평선 위에서 그녀가 본국으로 돌아오기를 원했다. 그는 자신의 숭고한 에피소드가 빌라르두앵의 성城과 연관 있다고 명시적으로 밝히지는 않았다. 그렇지만 그 사실을 착각하는 사람은 아무도 없었다. 타이게토스의 지맥 위로 그 평원의 서쪽 지역에 자리 잡은 황금빛 마을은 하나의 왕관처럼 미스트라의 잔해물들을 내려다보면서 바로 괴테의 시가 된다.

미스트라 등반

여러 계절이 지나고 나는 미스트라를 방문했을 때의 화려했던 시간들을 돌이켜 본다. 그 시간들은 솟아나는 물결처럼 나에게 기쁨과 아름다움을 쏟아붓는 분수와 같다. 나에게 세상은 결코 고독하지 않았다. 그러나 사랑과 선량함은 분명 나를 절망하게 만들었다. 왜냐하면 나는 그토록 빛나는 이미지들에 대한 기억을 간직하고 있기 때문이다. 타이게토스에서 목동이 항상 똑같은 세 가지 음조로 휘파람을 부는 것처럼, 나는 그 기억들을 지치지도 않고 상기하고 있다. 내가 여행을 하는 동안에 이 아름다운 순간들은 춤을 추면서 달려오고 있다. 그 순간들은 평온한 얼굴과 열정적인 감동과 함께 나의 과거를 장식하고 나를 무덤처럼 덮쳐 오고 있다.

그렇게 미스트라는 젊은 여인과 닮았다. 그녀의 말 한마디, 단순한 몸짓은 그녀의 비밀, 설렘, 향기가 우리의 삶 전체를 위해 행복에의 가장 깊은 욕망을 충족시킨다는 것을 우리에게 입증해 주고 있다. 이것은 바로 조르조네, 들라크루아, 테오도르 샤세리오 등의 예술작품 앞에서 느끼는 예감이다. 그리고 나는 결코 너무 이상야릇하게 주목을 받을 수는 없다. 그래서 나는 빌라르두앵의 성 때문에 뒤덮여 있는 잔해물들이 이곳저곳 늘어선 높은 구릉의 발끝에서 그런 감정을 느끼고 있다.

나는 이 사랑의 환희를 이해한다. 나는 알자스와 모젤란트의 옛 마을의 영향하에서 유년 시절을 겪었다. 그들의 노후함, 그들의 침묵, 그들의 장엄함이 나를 형성시켰다. 그렇지만 거기에는 항상 한 가지 아름다움의 영혼이 결핍되어 있다. 이 고딕풍의 투박함은 내가 슬픈 체념에 빠져들 때까지 나를 서글프게 하고 억압했다. 그리고 나는 가시 돋힌 내 고향에서는 격정보다도 더 많은 경건함으로 혼돈스러워 했다. 마침내 헬레네의 고국은 하나의 찬란한 장식품을 어색하지 않게, 오늘날 바로 이곳에서, 중세의 탑들 위로 드러내고 있다. 나는 내 가족의 얼굴에 비친 헬레네의 화려함을 알아차리고 있다. 아! 황금빛 마을이여, 축복을 받으소서! 일련의 존재물 속에서 나를 지속시키고 완벽하게 만들어 주는 찬란한 피조물이여! 마침내 나는 변신하여 불투명하게 이 마을에 앉아 있노라!⋯⋯

나는 위대한 화가들이 존경심과 친숙함에 사로잡혀 여성의 나체를 그려 내는 곳에서 정오의 신비에 젖어 목욕을 하고 있는 미스트라를 보았다. 그리고 그들이 우리의 욕망과 아름다움 사이로 고개를 내밀고 있는 미스트라에서 살기를 나는 간절히 바란다.

파로리의 작은 강을 가로질러 갔던 즐거운 아침나절에 나는 유적 잔해로 뒤덮인 비탈길을 기어오르기 시작했다. 태양 빛이 유물의 파편들을 뒤덮고 있고, 태양은 그 풀잎들로부터 향기를 이끌어 내고 있었다. 오렌지나무들은 아주 신속히 자취를 감추고 있었다. 그리고 급류의 요란스런 소리가 사라지기 시작하면서 경쾌한 초록빛 지대가 메마른 땅을 가로질러 이어지고 있었다. 우리는 성벽의 비밀 문과 돌출총안의 회랑 밑을 지나 꼬부라진 오솔길을 가로질러 깨진 타일 위를 걷고 있었다. 방패꼴 문양으로 장식된 궁전과 지붕을 얹은 개인 저택에서는 우리의 마차 행렬을 보려는 얼굴 하나도 보이지 않았다.

나는 그윽하게 평화로운, 초록빛 둥근 지붕의 작은 교회 안으로 들어갔다. 빛바랜 비단 같은 프레스코 벽화들이 덮여 있는 성벽은 전혀 손질이 되어 있지 않았다. 나는 하얀 암탕나귀를 타고 중세의 도시로 들어가는 그리스도를 기억한다. 비잔틴풍의 돔 밑으로 성찬이 이미 마련되어 있었다. 나는 좀더 떨어져 있는, 서로 통하는 두 개의 예배당을 방문했다. 그것은 비밀스런 규방에 앞서 또 다른 규방이 연결되어 있는 모습이다. 예배당은 허리를 구부려야 할 정도로 나지막했다. 그리고 두 손으로 동시에 두 개의 벽을 짚어야만 했다. 한편 안내원은 내게 어느 비잔틴 여황제의 무덤을 보여 주었다. 그는 그녀를 미녀 테오도라 토코라고 불렀다. 시원하게 뚫린 무덤 주위로 땅바닥에 놓인 바구니에는 두개골과 넓적다리뼈가 그득히 담겨 있었다. 아무렇게나 널부

러져 있는 이 바구니들은 인생을 충만하게 하기 위해 흥분의 도가니에 빠뜨리는 두 가지의 욕망 사이로 시선을 던지는 것처럼 비쳤다.

미스트라는 슬픔도 없이 바스라진다. 그곳의 기도원, 모스크, 라틴풍과 비잔틴풍의 교회들은 감미롭게 참신한 친숙한 분위기를 지키고 있다. 빛을 유린하는 이 광활한 폐허의 한가운데서 나는 가장 검은빛의 사이프러스 나무들을 보았다. 대주교의 교회 정원에는 그 나무들 중의 하나가 페이디아스고대 아테네의 조각가의 기둥과 견줄 만했고, 하단부에는 한 그루 라일락이 향기를 풍기고 있었다.

불타는 산 위에서 이 무슨 비인간적인 호기심인가! 그 비정함은 나의 정신을 일깨워 준다. 나는 대저택들 속에서 수세기를 전해 내려온 숨소리 하나 듣지 못한다. 들을 수 있는 건 저택의 지붕 아래로 숨어들었던 샤토브리앙의 숨소리뿐이다. 확실하지도 않은 것들이 뭐 그리 중요하단 말인가! 판타나사라고 부르는 교회의 주랑 위로 한 그루 무화과가 기울어지는 작은 로지아건물 정면의 회랑 혹은 복도가 펼쳐진다. 모든 것을 품에 안으려는 열정적인 나의 욕망, 태양 빛 아래서의 이러한 등반 때문에 더더욱 헐떡거리는 내 심장이 그곳에서 내가 휴식하도록 내버려 둔다. 그리고 거기서부터 평원을 발견하면서 세상이 너무나 아름다워 보일 만큼 나는 살아가는 즐거움을 만끽하고 있다.

우리는 중세의 사라진 또 다른 도시들을 알고 있다. 예를 들어 프로방스 지방의 레보와 시에나의 산 지미냐노. 이 도시들의 아름다운 풍경은 우리의 흥미를 즐겁게 복돋아 준다. 그렇지만 미스트라는 시심에 젖은 내 마음을 다시 부풀어 오르게 해준다. 돌출총안이 장식된 회랑 위로 머리를 기울인 오렌지나무가 내 눈 앞에 갑자기 헬레나 손녀들의 후궁을 나타나게 한다. 거기서 샹파뉴 출신의 거친 내 형제들은 정력을 잃었고 고대 문화를 약간이나마 받아들였다. 우리의 기사들이 기진맥진해져서 나갔던 규방들 중의 하나가 여기 있다. 나아가 헬레네와 파우스트의 사랑을 감추기 위해 메넬라오스 궁전 근처에는 마법이 탄생시킨 성이 있다.

카스트로의 비탈길을 기어오르면서 나는 『파우스트』 2부의 배경을 알아보고 있다. 콩부르를 방문한 저녁에 『무덤 저편의 기억』샤토브리앙의 소설 1부에 등장하는 단단한 돌을 보고 만져 보았던 것과 똑같은 방식으로 말이다.

파우스트가 헬레네를 얻을 수 있었던 곳이 그 어디에서도 찾아볼 수 없었던 바로 이곳이다. 틴다레오스는 별로 믿음이 가지 않는 옛 스파르타의 궁전을 빠져나오면서 이 꼬불꼬불한 오솔길을 지나 고딕풍의 전사 집으로 은신처를 찾아갔었다.

그들의 사랑에서 태어난 아이 오이포리온은 유적 잔해 위에서, 바로 내 앞에서 뜀박질하며 춤추고 있다. "높이 더 높이! 올라갈 거야! 멀리 더 멀리! 나는 알 필요가 있어. …… 지금 당장 나를 뛰게 해주세요! 창공으로 솟아오르는 것이 저의 바람이에요! 더 이상 땅바닥에 처박혀 있기 싫어요." 교회에서 기도원으로, 모스크로, 궁전으로, 예배당으로, 넓게 벌어진 웅덩이를 가로질러, 쓰러져 가는 돌멩이들 아래로, 산꼭대기로, 카스트로 성으로 나는 이겨 낼 수 없을 정도로 끌려 다녔다. 점점 더 올라갈수록 유적의 잔해는 더욱 황폐해져 갔지만 오히려 장식품이 되기도 했다. 변치 않는 것은 바로 궁핍함이다. 하부 지역에는 흉악하고 향기로운 궁핍함, 상부 지역에는 아름답게 꾸며진 궁핍함. 역사와 예술의 파편들 사이에서 나는 몇 마리의 돼지가 뛰어다니고 땅바닥에는 추악한 얼굴들이 어슬렁거리며 햇빛 때문에 꿩처럼 아름답게 보이는 닭들이 노니는 것을 보고 있다. 나는 높은 벽에서부터 총안으로 이어지는 탑에 이르기까지 비잔틴 황제들의 궁전 유물이 있는 더 너른 광장에서 멈춘다. 그리고 틈 사이를 지나 공간에서 공간으로, 즉 흔들리는 작은 문 밑으로 해서 요새의 다양한 선분을 이루는 탑의 측면 벽을 가로질러 넘어간다.

이 산은 뛰어난 지혜로 건설되었다. 모든 시대의 유물 잔해와 가장 다양한 종족들이 전체적인 하나의 색채를 이루고 있다. 거기엔 벌들이 윙윙거리는 무성한 담쟁이 넝쿨이 융단처럼 덮여 연결되어 있다.

나는 마침내 성곽의 꼭대기에 도착했다. 유적의 파편들과 웅덩이 가운데서 사람들은 보리밭을 경작하고 있다. 얼마나 화려한 공간이며, 얼마나 화려한 빛인가! 내 왼편으로는 소나무 덤불이 뒤덮인 메마른 봉우리가 솟아 있다. 그리고 우리의 뒤편으로는 빛을 발산하는 마을이 흩어져 있고 얼음덩이 왕관을 쓴 타이게토스의 절벽이 차례차례 이어져 있다. 측면으로는 차가운 바람이 불어왔다. 미스트라는 거대한 폭포가 튀어오르는 깊고 검은 협곡을 품고 있기 때문이다. 동쪽으로 깊숙이 틀어박힌 경치는 지나치게 강렬한 느낌을 주기 때문에 빛나는 거대한 평원과 함께 다시 그것을 감상하고 즐기기 위해서는 얼굴을 돌릴 수밖에 없다.

산봉우리에서 발 아래로 펼쳐지는 은빛 잔해물들은 납빛 언덕 위로 번뜩거리고 있다. 나의 고장 샹파뉴의 성벽 총안들에서부터 비잔틴 양식의 교회 너머에 이르기까지, 나는 스파르타의 잔해로 뒤덮인 관능적인 정원을 바라본다. 에우로타스 강은 붉은빛, 황토빛, 초록빛 그림자를 드리우는 태양의 부스러기들 아래서 계곡의 윤곽을 뚜렷이 드러내는 언덕들의 중앙으로 바다를 향해 흘러가고 있다. 타이게토스에서 메넬라이온까지, 키테라 섬에서부터 아르카디아 산간지방에 이르기까지 나는 라케다이몬 계곡을 주시하며 생생하게 그려 내고 있다.

그 높은 곳에서 모든 생각은 마치 행복과 영원의 음료를 마신 것처럼 풍요로움, 여유로움, 젊음을 간직하고 있다. 내게 이와 같은 도취를 안겨 주었던 것은 오직 베수비오의 비탈길뿐이다. 베수비오가 화산재와 더불어 내 눈길, 내 입술, 내 신발창에 불타오르고 있었을 때, 그것은 역사와 시를 담은 이 아름다운 화산이 만들어 내는 것보다 더 내 영혼을 자극시키지는 못했다. 여기서 이슬람, 십자군 전쟁, 비잔틴, 게다가 강력하고 우울한 학교의 도시 스파르타는 대지, 바다, 하늘의 활동 아래 뒤섞여 증발하고 있다. 평원은 시인의 현악기처럼 나의 황홀함 아래로 도사리고 있다.

헬레네의 고국이 바로 이곳이구나! 역사가 틴다레오스의 아름다운 침대를 짓밟았다고 할지라도 사랑의 쓰라린 향기는 이곳에 머물러 있다. 이것은 헬레네의 졸음과 내 감각의 결혼식이다. 헬레네는 목동들의 산들을 향해 머리를 기대고 있다. 그녀의 죄스러운 발에 부딪혀 사그라지는 바다의 물결은 비너스의 왕국으로부터 밀려오고 있다.

우리 박물관의 서늘한 복도를 알지 못하고선 고대 그리스의 나무가 남긴 과제를 이해할 수는 없다. 그렇지만 이 나무가 마치 불덩이처럼 스파르타의 정원 중앙으로 나에게 나타나면서 나는 고대 유산과의 정확한 조화를 갈망하고, 또 찾고 있다.

다시 한번 헬레네는 우리를 향해 얼굴을 돌리고 있다. 그리고 우리의 가슴 속에서 인간의 어떤 후손도 만족하지 못하는 열정을 북돋우고 있다. 아름답게 죽은 자의 이름이 되라고, 아니면 현악기를 울려 퍼지게 하라고 우리를 설득하는 이중의 충고로서 그녀의 눈빛에서 솟아나는 두 개의 아름다운 차디찬 섬광은 우리를 지켜보고 있다.

황금빛 마을

우리가 다스렸던 나라들의 이름에 대한 추억, 우리의 고장을 빼앗
아 간 뛰어난 인간들에 대한 추억, 그리고 우리의 고장을 잘 보존
하도록 우리에게 헌신적으로 지혜를 심어 주었던 인간들에 대한
추억이 우리의 기억 속에 머물러 있지 않다면, 우리는 지구상에서
도대체 어떤 조국을 지속적으로 간직하고 있었고 또 잃어버렸단
말인가? ── 장 알렉상드르 뷔송

오늘 아침에는 두 가지의 기쁜 일이 있었다. 나는 메갈로폴리의
평범한 마을과 한 원주민이 우리에게 마련해 주었던 지저분한
숙소를 떠나게 되었다. 그리고 나는 약 세 시간에 걸쳐 제4차 십
자군 전쟁 때 세워진 중세 성으로 잘 알려진 카리타이나로 가고
있다.

　메갈로폴리 주위의 영토는 잘 경작된 광활한 하나의 원통형
을 드러내고 있다. 우리는 (보잘것없는 이륜마차로) 광범위하게
그곳을 일주하고 있다. 돌멩이, 태양 빛, 양, 염소, 드문드문한 나
무들 사이를 지나, 가장 멀리 떨어진 암벽 위로 카리타이나의 고
독한 바위가 솟아 있는 두번째의 동일한 원통형에 도달했다.

염소 떼에게 이 장章의 원고를 씹어 먹게까지 하면서 내가 예민해질 정도로 현대의 그리스인들에게 모든 것은 헐벗어 있다. 태양 빛에 바싹 말라 있는 카리타이나에는 우리 알자스의 유적 잔해처럼 앉을 만한 아름다운 그늘진 곳이 없다. 우리 고장에서는 오르막길을 지나면 즉시 신선감이 다가오고, 송어와 백포도주에 활짝 넘쳐나는 식욕이 솟구친다. 그러나 이곳의 단층집들은 낡은 나무판자 발코니가 붙어 있고 거대한 돌멩이로 세워져 있다. 발코니 위로는 문이 열려 있는데, 그것은 마치 힘들게 기어오른 순례자를 집어삼키려는 탐욕스런 입 같다. 그것들은 배고파서 외치고 있고, 열기와 해충이 끓는 초라한 야영 침대 하나만을 제공할 수 있을 뿐이다. 아마도 이러한 가혹한 궁핍함으로부터 일종의 극치미가 탄생하는가 보다. 썩어야만 하는 모든 것은 쓰러졌고, 존속하는 것은 영원한 성질을 가지고 있다. 우리 민족의 전리품인 카리타이나 성은 스쳐 지나가는 상상력이 마치 예리코의 장미*처럼 자신을 다시 꽃피우는 것을 도와주기를 기다리고 있다.

나는 하루 종일 두 개의 언덕 위로, 교회 안으로, 자갈밭 위로 헤매고 있다. 그리고 메마른 산봉우리의 협소한 오솔길을 따라

---

* 예리코의 장미는 일명 '부활초'로 불리는 사막식물로서, 바짝 메말라 있다가도 수분이 공급되면 거짓말처럼 살아난다.

상파뉴 출신의 존경스런 위그 드 브뤼에르가 정복 다음 날 건축한 성탑으로 되돌아왔다.

그곳에서 나는 이 성의 마지막 주인이자 그리스의 애국지사인 콜로코트로니스를 상기할 수 있을 것이다. 대포로 무장한 채 쓰러져 가는 이 성은 독립전쟁 동안에는 피난처가 되었고, 이 피난처는 열정적이고 잔인한 분위기에서 자신의 동양식 묵주알을 세어 가면서 고딕식 작은 문들 아래서 쉬고 있었다. 그러나 나는 오늘 저녁만큼은 우리의 프랑크족 중세 기사들에 대하여 생각하고 싶다. 그리고 특히 카리타이나의 그 유명한 군주에 대하여 생각하고 싶다. 그의 용기, 그리고 귀부인들을 향한 그의 예절과 부조리한 애정의 변덕은 뷔숑이 출간한 『정복의 책』에 잘 나타나 있다.

카리타이나로 나를 인도한 것은 바로 뷔숑이다. 그는 그리스에 관한 한 분명히 최고의 동반자였다. 오, 뷔숑이여! 얼마나 많은 작업을 했던가! 우리 프랑스의 십자군 용사들이 호메로스의 왕들이 다스렸던 계곡에 어떻게 남작령을 세우러 왔는지를 이야기하는 텍스트들을 출간한 후에, 그는 산 속에서 잊혀져 간 프랑크족 성의 전통과 돌멩이들을 샅샅이 살피러 같은 장소에 갔었다. 그 역사적인 풍경들 앞에서 그가 느낀 사랑의 감동은 우리로 하여금 경애심을 불러일으키기에 충분하다. 한 목동이 부드러운 마음을 간직한 채 아름다운 프랑크족 원피스를 입은 성주

부인의 옛 발라드를 노래하는 동안, 차코니아 협곡 깊숙이 틀어박힌 '미녀의 성'의 사각진 탑을 그가 통과했던 이 봄날의 밤을 나는 얼마나 사랑하고 있는가! 그는 여행으로 지쳐 죽었다. 중세 이탈리아, 시칠리아, 몰트 섬 등의 고문서를 찾아다니고 그리스 본토와 섬들 중에서 가장 덜 알려진 지역을 좇아다니는 혹독한 여행은 50대 중년의 건강을 크게 해치게 했다.

우리는 그가 쓴 모레아 여행 전기를 간직하고 있다. 그렇지만 그의 표현에 따르자면 그는 "종교와도 같은 열의로" 모든 군도들을 탐험했다. 아! 슬프도다! 이 항해 여행에서 출간되지 않은 소중한 육필원고들은 계속 이어지는 공증인의 개입 때문에 사라져 버렸다. 사람들은 오늘날 마담 라봐냐가 운영하는 부디에 연구소의 고문서들 사이에서 그것을 찾으려고 진지하게 노력했었다.

뷔숑 누이의 아들인 에두아르 드뤼몽은 어떤 점에서는 그의 정신적인 후계자이다. 그는 프랑스의 고귀한 정서에 활기를 불어넣는 이 역사 탐험가가 가장 어두운 베일에 가려져 있다는 사실에 대해 굉장히 분개하고 있다. 그 사실에 대하여 고문서 학교 학생들은 차례가 되면 언젠가 미래에는 재검토되겠지 하고 생각할지 모르지만, 두 명의 티에리19세기 초 프랑스의 역사가인 어거스탱 티에리와 도미니크 티에리 형제나 프랑수아 르노르망처럼 뷔숑은 구제받아야만 한다. 우리의 문인들은 경우에 따라서 그들의 역할을

잘못 인정하고 있다. 아! 만약 『모레아 여행』이 독일에서 출판되었다면 얼마나 성공을 거두었을까!

만약 내가 젊은 학생이었다면 뷔숑의 일대기와 작품에 관한 박사학위 논문을 소르본 대학에 제출할 텐데. 만약 내가 선생이라면 그의 노력을 다시 부각시킬 텐데. 그래서 칼 호프, 루이 드마스 라트리, 구스타브 슐룸베르제, 알프레드 모렐-파티오 등의 작업들을 스스로 도와 가면서 나는 샹파뉴와 부르고뉴의 우리 시골 사람들에게, 마찬가지로 프로방스 촌사람들에게, 그들이 키니네 황산염 없이 파트라스 만^{펠로폰네소스 반도 북쪽의 만}에 상륙했을 때와 똑같이, 그들의 작업들을 펼쳐 보이려고 노력할 텐데…….내가 상륙한 그날 아침의 파트라스 해변은 푸른빛, 황금빛, 그리고 눈[雪]으로 휘황찬란했다. 그곳은 여행객 기분을 느끼기에는 별로이지만, 포도를 재배하고 있고 말을 탈 수 있다. 이 지방은 우리 동향인들을 즐겁게 해주었던 것이 분명하다. 바다에 면해 수놓인 긴 산맥의 정중앙에 자리 잡은 원뿔 위로 실레무치 성은 그런 풍경 위에서 그들의 환상적인 모험에 대한 기운 찬 증거를 보존하고 있도다…….그들은 곧 노트르담을 세웠고 파르테논이 있는 곳에 있었다. 그들은 트로이에 맞섰던 아가멤논, 아이아스, 아킬레우스 형제들의 이야기에 생기를 불어넣었다. 그들 중의 다수는 호메로스 시들을 창작했던 음유시인들과 비슷한 사람들이었다. 그들은 프랑스의 종교를, 프랑스의 언어를,

프랑스의 법과 관습을 가져왔다. 그리고 그리스와 비잔틴 나라들 사이에 논쟁을 일으키러 왔다. 두 가지 화려한 환상이 하나의 땅 위에서 부딪친다. 그 땅에서부터 신성한 영향력을 행사하는 작용이 영원히 풍겨나고 있다.

우리 모든 역사의 의미심장한 하나의 예증으로서 국가적인 한 권의 책이 될 수 있도록 이 기마 여행기를 적는 것은 보람찬 일일 것이다. 13세기에 프랑스를 동방으로 뻗어나가게 했던 것과 정확히 유사한 에너지가 19세기 초에 되살아나고 있기 때문이다. 프랑스군을 방패꼴 가문으로 장식해 주었던 이 그리스의 돌들을 끌어 모았던 힘, 그것은 바로 우리 고장에서의 전쟁의 영혼들로부터 항상 솟아오르고 있는 자연 발생적인 노래다. 혁명적인 전투 정신과 십자군 전쟁의 정신은 양자 모두 성실한 믿음, 영광에의 사랑, 모험에의 열정으로부터 탄생했다. 그러한 격정을 가지고서 억압받는 자들을 해방시키고 인간의 권리를 선포하는 사람들은 항상 우리다. 그리고 우리들의 가장 대담한 옛 기사들은 야만스런 스승으로서 모습을 드러내지 않는다. 그 인물들의 매력에 덧붙여서, 그들의 장황한 연설은 그들의 승리에 이바지한다. 그들은 긴 칼로 왕국을 세우거나 아니면 왕들의 딸과 결혼한다. 그리고 이러한 영웅적인 프랑스식의 활기, 우리 종족의 이러한 팽창은 몇 가지 일시적인 정치적 조화를 이루고 항상 보람 없이 끝난다. 모든 것은 영광의 명예를 떠나 사라졌다.

이러한 열기, 이러한 아량, 이러한 파탄은 왜? 그런 역학관계의 문제들이 해결되지 않았기에 우리 국가의 정신 상태와 국가 발전의 방향은 여전히 이해할 수 없는 채로 남아 있다.

13세기에 있었던 그 폭발의 원인은 이해하기 어려운 반면, 그 특색은 오히려 쉽게 느껴진다. 그리스에서 내가 보았던 우리 십자군 용사들의 흔적은 언젠가 라인 강의 오른편 기슭에서, 그리고 이탈리아의 곳곳에서 내가 밝혀낸 흔적들과 흡사하다. 게다가 어쨌든 우리 모두는 제4차 십자군 전쟁에 가담해 있었다. 나를 이해하는 여러분, 여러분에게 말하고 있는 나, 그리고 우리 모두의 친구들. 조프롸 드 빌라르두앵, 기욤 드 샹프리트, 위그 드 생-콰텐, 로베르 드 블롸, 장 드 브리엔, 카리타이나의 영주 등 그 밖에 수많은 사람들을 나는 알고 있었다. 그때는 내가 조르주 불랑제, 마르퀴 드 모레스, 폴 데룰레드와 같은 훌륭한 기사들과 함께 위험을 무릅쓰고 정치판에 있을 때였다. 그리고 특히 나는 바케라스 성에서 살았던 프로방스 기사의 아들인 젊은 랑보를 알고 있었다. 그는 프로방스 노래와 음유시인들의 시를 탁월하게 읊조릴 줄 아는 사람이었다. 그는 몽페라의 후작 부인이었던 아름다운 베아트리체에게 완전히 반해 있었다. 십자군 전쟁 당시 그는 그 후작을 따라다녔고 바다 너머의 풍요로운 봉토를 얻었다. 이 사람이 바로 우리 기자들이 좋아하는 선조이다. 조국이 승리하자 그는 도지사 직함인지 세무사 직함인지를 하사받았다.

매번 다가오는 봄처럼 참신하고 화려하게 꽃 피는 시절, 나무들 중에서도 가장 아름다운 나무, 프랑스여! 확신하건대, 라클로 집안의 한 후손은, 후에 열병이 퍼진 타란토 지방에서 죽어간 사람『위험한 관계』의 저자인 피에르 쇼데를로 드 라클로를 가리킨다과 마찬가지로, 실레무치의 한 곳에서 운명했다. 폴-루이 쿠리에는 우리에게 칼라브리아이탈리아 남부의 주에서의 모험을 이야기해 주기 이전 이미 5세기 전에 라코니아 지방에서 전쟁의 위험성을 맛보았었다. 메츠 출신의 지혜로운 인물 피에르 루이 로에데레는 나폴리에서 조아생 뮈라 왕에게 신중하게 충고하면서 바다 너머로의 새로운 정복을 시도했다. 젊은 스탕달은 우리 곁에서 격정적인 적갈빛 도시, 존경스런 밀라노에서 그랬던 것처럼, 아카이아 지방을 돌아다니는 내내 젊음과 영광과 여인들에 도취되어 있었다.

오늘날 우리는 우리의 아버지들이 정복했던 장소를 이제 꿈꾸어야만 한다. 깊은 침묵이 출발의 술렁거림으로 이어진다. 자신감에 넘치고 허풍 떠는 웅성거리는 소리는 점점 사라진다. 영광스런 태양은 아르카디아 계곡 위로 환상적인 밤에게 자리를 양보하고 있다. 헤아릴 수 없이 많은 인생들과 특권을 부여받은 힘들은 이 마을이 우리에게 하나의 향수병이 되기 위한 장미꽃들처럼 으깨어졌다.

프랑스인의 에너지가 사랑의 결실도 거두지 못하고 탕진될 수 있단 말인가?

13세기의 스탕달 같은 인물이 『아카이아에서의 산책』, 『아테나』, 『코린토스와 미스트라』, 『펠로폰네소스 연대기』를 우리에게 선물해 주었다고 기꺼이 생각하고 싶다. 그런 과거의 기념비적인 작품들을 통하여 사람들은 그리스에서 중세의 유적 잔해를 호흡하는 방법을 어렴풋이 알 수 있다. 그리고 『정복의 책』에서 나오는 건조한 시구들 속에서, 문명을 보급하는 이 대지의 태양이나 혹은 발산물들에 의해 수세기 동안 성숙되고 억압받은 프랑스식 풍미를 구분해 내고 있다고 사람들은 생각하고 있다.

존경하는 바케라스의 랑보가 몽페라에서 머물면서 친구에게 적었던 편지는 얼마나 품위 있는가! "저는 매일 아름다운 무기, 훌륭한 기사, 전투, 도시의 본거지, 탑과 벽을 쓰러트리는 기계를 보고 있습니다. 그 어느 것도 사랑스러울 게 없지만, 스스로 정복에 충실하기 위해 전쟁과 전투를 찾아 헤매면서 화려한 갑옷을 입고 떠납니다. 우리는 황제, 왕, 공작들을 만들었습니다. 우리는 아시아의 성들을 침략했고, 터키인과 아랍인을 체포했으며, 생-조르주의 권한에 브린디시를 향한 모든 길을 열어 주었습니다. 저는 샹파뉴 사람과 생 폴 백작처럼 만족하고 행복해하는 후작을 알고 있습니다. 지상에서 결코 어떤 민족도 그 사람만큼의 존경심을 얻지는 못했습니다. 아내와 너무 멀리 떨어져 있어 더 이상 저에게 기쁨으로 다가올 수 없다는 것을 알고 있기 때문에 저의 슬픔이 점점 더 커져 간다면, 저는 그렇게 큰 권력을 어디에 사용할 수 있단 말입니까?"

그렇게 친절한 소년은 자신의 위안을 오랫동안 기대하지는 말아야만 했었다.

모든 부인들은 바닷가에 자리 잡고 있다. 그 여인들은 알지 못하는 뱃사람들이 자신들을 그냥 지나쳐 간 다음 탄식하는 것을 좋아하지 않는다. 그리고 뱃사람들은 긴 항해 후에 정박지에서 마주칠 의외의 연인을 이미 사랑하고 있는지 어떤지를 알지 못한다. 그렇지만 우리 프랑스인들은 고대 그리스 신들이 항해자들에게 신중하게 마련해 주었던 선물의 가치, 그리고 일요일 아침 교회 앞뜰에서 우리 프랑스 가정의 소녀들이 그들에게 예언해 주었던 선물의 가치를 즉시 알아차렸다.

하나의 종족은 그들의 쾌락으로부터 탄생했다. 사람들이 가스밀러족프랑크계와 그리스계의 혼혈족이라 칭하는 이 새로운 종족의 부인들은 프랑크족의 친절함으로 그리스식 아름다움의 가치를 더 높이고 있었다. 옛날 목신은 요정의 무리를 실레노스목신과 헤르메스의 아들로 간주되는 디오니소스 전설의 등장인물와 함께 알페이오스 강의 기슭으로 데려왔고, 한편 목동들은 플루트를 숨 가쁘게 불고 있었다. 목신의 자리를 대신하여 프랑스 기사들은 그들의 존경의 대상이었던 그들의 여신을 아르카디아에 정착시켰다. 그것은 두 명의 강력한 신들이다. 한 신은 보다 전원적인 신이고, 또 다른 신은 보다 사회적인 신이다. 설명이 금지된 실체들, 즉 그들의 어리석은 짓들에 이르기까지 사람들은 그들 둘 모두를 사랑하고 있다. 경이로운 결합을 통하여 이 풍토와 전쟁의 용기로부터 탄생한 가스밀러족 소녀들은 그들의 심장 속에 전원의 예식과 프랑스풍의 존경의 예식을 함께 가지고 있었다. 그 소녀들은 그리스의 섬, 만, 계곡에서 살아가는 우리의 영주들과 결혼했다. 미스트라, 크레브쾨르, 마타그리퐁에 위치한 수많은 그들의 성에서 황금 박차를 달고 있는 기사들은 거대한 프랑스식의 향연, 시합, 정사행사여성을 유혹하기 위한 말 걸기를 되풀이했다.

정복의 땅에서 태어나 그들의 새로운 봉토에 아주 독특하게 적응되고 동화된 제2세대의 모든 왕자들 사이에서 모레아의 이 환상적인 왕국은 카리타이나의 제후국에 가장 커다란 환심을 심어 주었다.

풍습에 따르면, 카리타이나의 제후는 자신의 샹파뉴의 작위를 포기했고, 브뤼에르 영주는 스코르타의 행렬을 이끄는 남작 밑에서 사라져 갔다. 부인들은 그에게 극단적인 영향을 미쳤다. 그는 아내의 사랑을 얻기 위해 자신의 봉건군주에 대항하여 전쟁을 일으켰다. 그리고 그가 납치한 또 다른 여성과의 사랑을 위해 전투가 벌어질 시점에 변장하여 도망쳤다. 두 번에 걸쳐 그는 목에 밧줄이 매인 채 용서를 구하러 왔었다. 그가 배반했던 그의 동료들은 그를 사랑으로 감싸 주었고 모두가 눈물을 흘렸다. 얼마나 친절한 동료이며 얼마나 용맹한 전쟁 용사인가! 대장들의 만장일치의 동의에 반대하여 그가 지나치게 불평등한 싸움을 원했을 때, 자신의 모든 사람들이 갈갈이 찢겨졌던 사실을 그는 잘 밝혀 주었다.

이 기나긴 모험들을 통하여 이성적인 인간이라면, 그가 인정하는 것 외에는 아무것도 알지 못한다. 그렇지만 그 사람은 프랑스 사람들을 기쁘게 해주는 태도를 잘 알고 있다. 그가 죽은 지 7세기가 지났음에도 불구하고, 바로 이 기사는 여전히 유혹하고 있다. 그는 고비노의 딸인 다이앙 드 귈덴크론이 아름다운 책 『중세의 아카이아』를 카리타이나의 바위 위에서 적을 때 그녀를 유혹한다. 나는 옛날 연대기에 기록된, 제후의 시체 위에서 신음하는 새 소리는 듣지 못했지만, 나의 깊숙한 마음속에서 동정심이 울려 퍼지는 소리를 들었다.

그 옛날 연대기들은 고딕 성들의 규방 속에서 우리 기사들이 음탕한 짓을 하며 정력을 낭비했던 사실을 나에게 밝혀 주지는 않는다. 정신을 잃게 하는 호색 방탕한 행위는 쾌활한 프랑스 소년들을 타락시키기보다는 오히려 휴식하게 해준다. 그렇지만 진주와 흡사하고 익은 복숭아 같은 가스밀러족 여인들은 실망에 젖은 한 줌의 안개를 허공 속에 떠돌게 만드는 음악과 여전히 더 잘 비교될 수 있다. 그들 각자의 행동은 모든 욕망을 쇄신시키고 가장 오랜 상처의 붕대를 찢어 놓았다. 헛되이도 그들의 시선 속에서는 부드러운 동정심을 읽을 수 있다. 우리가 상처받기 쉬운 남자가 되기를 포기하는 것은 결코 어떠한 여신에 좌우되기 때문은 아니다. 시심을 자아내는 소녀들이 우리들의 프랑크 왕자들을 애무했을 때, 그들이 카리타이나의 성탑 위에서 고독의 아픔을 알고 이 아르카디아 지방의 푸른빛 때문에 상처받고 감동받는 일은 결코 있을 수 없었을까?

그들 중의 다수와 그들의 대장 빌라르두앵은 시인이었다. 그들의 노래 중에서 몇 가지는 지금까지 전해진다. 교회에서 삼종 기도의 미사를 위한 종소리가 울려 퍼질 때, 그들 중의 한 명이 다음과 같이 노래하는 목소리를 나는 카리타이나 성의 방 안에서 들었다.

"나는 서두르지도 않고 느긋하지도 않게 한결같은 발걸음으로 인생의 오솔길을 걸어갔다네. 세상 사람들 대부분이 인생의 결실을 거두어 들였는지 어떤지를 나는 무시한다네. 하지만 나는 항상 예감했던 꽃을 마침내 발견하고야 말았지. 그래서 죽을 때까지 내가 느낄 모든 것들은 그 꽃의 향기로 뒤섞이게 될 것이라네.

이방인 소녀는 샹파뉴 소녀들의 황금 십자가를 목에 걸지 못하네. 그리고 그의 영혼 속에서 공간들은 우리들이 바라보는 시선처럼 닫혀 있지. 하지만 나는 그녀가 숨 쉬는 소리를 듣고 있다네. 나는 정신의 위대함, 즉 관대한 아량, 믿음, 희생정신에 대한 애착 때문에 깨어난다네. 어느 희생녀의 부르짖음, 예언녀의 아픔 혹은 행복의 고통은? 그녀 목소리의 억양과 그녀의 육체는 내가 죽을 때 경험하고픈 풍경들을 나에게 펼쳐 보이고 있구나……."

그리스의 밤하늘이 덮친 테라스 위에서 만약 내가 죽은 자들을 상기할 수 있었다면, 나는 새장 속 나이팅게일처럼 억압당한 채, 여기서 살고 있었던 익명의 미녀들을 마구잡이로 부르지는 못할 것이다. 나는 신비롭고 우아한 화관과 같은 카리타이나의 그늘 속에서 한 줌의 향기를 야만인의 모든 권력과 바꾸어 차지한 바로 이 가스밀러족 여성을 상상하고 있다.

알페이오스 강의 속삭임이 테레빈 나무가 윙윙거리는 소리와 어우러지는 '갈로-그리스'의 유적 잔해들 속에서 가장 부드러운 하나의 목소리가 깨어난다. 그리고 보다 더 부드러운 하나의 목소리가 이어진다. 그 목소리는 나에게 시간의 개념을 흐리게 만든다. 그렇지만 그것은 내 욕망과 조화를 이루고 있다. 나는 고전풍 아테네의 작은 집의 주인이 되는 데는 어려움이 많을 것이다. 그러나 카리타이나 지방에 살아 있는 풍습들은 내 본성과 잘 어울렸고, 그날 저녁 사람들이 나를 축제에 초대했을 때 나는 그 분위기에 쉽게 잘 어울리게 되었다.

젊은 가스밀러족 여인은 감동에 벅찬 발걸음으로 앞으로 나아간다. 자신의 영혼 속에서 솟구치는 가지각색의 생각들이 땅으로부터 그 영혼을 낚아채 간다. 그리고 만약 삶의 기쁨의 맛이 그녀가 버려둘 수 없는 지상의 유복함을 향해 그녀를 이끌어 갈 수 없다면, 실제 그녀는 천상으로 날아오를 텐데. 그녀는 이 장소들로부터 자신의 원주민 조상들이 신성화했던 젊음과 쾌락에 대한 다양한 영향들을 받아들이고 있다. 그녀는 자신의 형제나 다름없는 프랑크 왕자들의 삶을 정확하게 파악했을 때 한 마리 잔인한 어린 새가 된다. 살아 있는 그 새는 노래하는 초라한 작은 숲들을 입 다물게 한다. 한편으로 그녀는 두 발을 모으고 맥이 빠진 여자아이가 되고, 또 다른 한편으로는 헝클어진 머리카락의 예언자가 된다. 그녀의 시선, 그녀의 두 뺨의 섬광, 신체의 조화, 벌거벗은 어깨, 그녀의 비밀을 알고 있는 측근들이 그녀가 죽기를 감히 요구할 수 있단 말인가? 모험을 좋아하는 프랑크족들은 바로 이 불꽃에 용해되었다.

오늘날 가스밀러족은 우리들이 애써 그들에 대해 상기할 수 있는 무너지는 뾰족한 아치를 버리고 떠났다. 황금빛 마을들에서 사랑의 음악을 완성시켰던 그 목소리는 사라져 버렸다. 자만하고 한탄하며 고통스럽게 하면서도 형언할 수 없이 열정적으로 노래하는 목소리들, 영감 속을 파고드는 청순한 시선들, 쾌락의 극단적인 애타는 심정 속에서 일어나는 그토록 순수한 감동들……. 나는 가스밀러족의 섬세하고 감미로운 무리를 그리워

하지 않는다. 나는 카리타이나 성 밑에서 그들의 무덤을 찾고 있다. 각 세대는 그 종족의 무리가 참고 견디기 위해 필요한 모든 것을 그 세대와 함께 짊어지고 있다. 결국 우리는 우리의 살아 있는 사람들을 간직하고 있는 셈이다.

펠로폰네소스에서의 노새 여행

여전히 바사이라 지칭하는 피갈리아의 유적지에서부터 올림피아의 발굴지에 이르기까지 노새를 타고 이틀 동안 긴 여행을 했다. 얼마나 초라한가! 얼마나 화려한가! 얼마나 신성하고 원초적인 삶인가! 우리는 같은 오솔길을 따라갔고, 이 유명한 고장의 사람들에게 대대로 익숙한 한결같은 간소한 식단을 따랐다. 이 여행의 이미지들은 내 짐승 뒤에서 "후리… 옥소…"라고 외치는 몰이꾼의 목청 떨리는 소리만큼 재빨리 흩어졌다. 그러나 이 작은 동물의 노력 덕택에 나는 가장 오랜 문명 속에서 목욕을 하고 잠수하는 느낌을 받고 있다.

바사이 덕분에 방어에 도움을 받을 수 있는 아폴로 사원을 방문하기 위해서는 안드리세나 마을에서 묵는 것이 최상의 방법이다. 고등학교의 비탈길을 따라 내가 그곳에 왔을 때 주변의 풍경은 오베르뉴 지방에 있는 라 부르불 지역의 분위기를 나에게 상기시켜 주었다. 즉 둥글고 초록빛의 광활한 풍경, 바위, 풀밭, 암소들과 저녁나절의 종소리 등등.

그날 밤은 초라한 숙소에서 보내고, 일어나자마자 아폴로 사원의 유적지를 향하여 떠났다. 이미 날은 밝아 있었는데, 두 폭쯤 되는 장밋빛 색채가 뾰족한 산꼭대기에 내려앉아 있었다. 그 색채는 산들 사이로 우리의 계곡 속에 숨겨진 태양 빛이 반사된 것이었다. 눈 덮인 작은 공간 위에서 상상할 수 없는 이 장미, 바로 이 프랑크족의 장미는 가득한 빛을 담은 갑작스런 신호였다. 다시 한번 고대의 새벽 여명은 동방의 문들을 열어 주었다. 새벽의 시점에서 여행의 단조로움은 비교할 수 없는 부드러움으로 다가왔다. 우리나라의 기후에서, 우리의 도덕 속에서는 자연이 입은 옷이 잘 보이지 않는다. 내가 바사이의 비탈길을 올라가기 일주일 전부터 나는 편지도 신문도 받아볼 수 없었다. 이처럼 세상으로부터 해방되어 정신은 매 순간의 느낌들에 온전히 몰두해 있다. 즐겁게 건너갈 수 있는 물이 있고, 머리를 숙이고 지나갈 수 있는 나무가 있고, 향기는 쾌락을 불러오고 있다. 나는 내 노새를 장식하고 있는 습한 산사나무 가지를 떠올리고 있다. 우리는 언덕과 언덕을 지나 야생의 오솔길을 지나갔다. 그리고 가끔 급류의 밑바닥을 걸어 지나가기도 했다. 노란 금작화가 핀 계곡들은 보랏빛 나무딸기의 숲으로 이어졌다. 곧이어 아래쪽으로 산의 푸르름에 물든 조용한 고장이 나타났다. 8시부터 더워지기 시작하고 수많은 섬광들이 빛을 발산한다. 우리는 수세기 동안 이곳에서 광석 찌꺼기들을 쌓아 왔던 마흔 개의 높은 숯가마에서 불타오르고 잘게 부서지는 먼지들 사이를 관통하고 있다. 갑작스레 다가온 이곳이 바로 바사이다.

산 정상의 계곡 사이로 예측할 수 없이 등장하는 완벽한 보배, 도리아의 작은 사원 바사이. 사원 갓돌의 하부로부터 치솟은 36개의 기둥들이 버티고 서 있다. 그것은 지의나무 때문에 장밋빛으로 채색되었고, 푸른빛 돌멩이로 이루어졌다. 듬성듬성한 참나무들이 돌멩이를 에워싸고 있다. 게다가 그것은 산과 숲, 만 위로 끝없이 펼쳐지는 수평선에 담긴 휘황찬란한 고독이다. 인간의 이 작은 질서정연함을 더욱 감동스럽게 만들어 주는 사막이여!

니콜라스 푸생17세기 프랑스 화가이 그린 풍경에서처럼, 바사이유적 근처에는 염소지기들의 얼굴 모습이 조화를 이루고 있다. 그들은 멀리 떨어져 있는 것인가 아니면 가까이 있는 것인가? 그들은 단지 요동치는 작은 안개의 형태만을 이루는 대기의 액체 은빛에 녹아드는 채, 활기찬 빛에 사로잡혀 증발되었다. 우리의 노새몰이꾼이 그들을 불렀다. 그들은 나에게 나무 국자와 함께 4~5리터짜리 우유 사발을 가져왔다……

오늘날까지도 내 기억 속에는 피갈리아의 가장 평범한 참나무가 영광스러운 존재처럼 남아 있다. 나는 모든 여행객들에게서 그 참나무에 대한 정보를 얻고 싶다. 염소들이 나무를 아껴 먹고 있을까? 사원의 돌멩이들이 나뭇가지들을 멍들게 하지는 않았을까?

현대의 우리들의 생각과 고유한 우리들의 느낌이 아폴로의 집 속에 머물러 있기를 바라는 것은 쓸데없는 일일 것이다. 그 집은 우리에게 취향을 가르쳐 준다. 천하고 화려하거나 지리멸렬한 수많은 이미지에 둘러싸인 우리의 영혼을 부끄러워해야 한다는 점을 말이다. 내가 (폴 부르제가 나에게 전해 준) 이폴리트 텐의 한마디를 이해한 곳이 바로 바사이의 유적지이다. 텐은 분개하여 말했다. "위고는 정직하지 못한 사람이지. 그는 분노한 한 마리의 사자가 이빨로 어느 도시의 문을 으깨 버렸다고 이야기하잖아. 고양잇과의 동물들은 으깨어 씹을 수가 없지. 어금니로도 으깰 수가 없어. 사자의 어금니는 씹을 수 있는 표면이 없어서 작은 갈고리 모양의 뾰족한 송곳니로 진화했기 때문이지." 아마도 이것은 지나치게 과장된 표현일지도 모른다. 그러나 과도한 농담, 그것의 엄밀함은 다행스럽게도 예술가에게 문제를 해결하게끔 해준다. 나의 친구, 가엾은 기구^{Guigou}는 텐에게 반대하여 화를 냈다. 그가 말하기를, 시인은 권리를 가지고 있지만…… 스쳐 지나가는 사람일 뿐이지. 그는 피갈리아의 계곡에서 그리스의 어느 아침의 미덕을 호흡했던 시인이었다. 그는 무시무시한 상상력의 매력에 복종하기를 더 이상 원하지 않는다.

아마 우리가 사원을 떠난 지 세 시간이 지났을 것이다. 우리는 길을 재촉했다……. 노새꾼들이 작은 가죽부대를 멘 농부를 몸짓으로 부르니 그는 60미터 떨어진 곳에서부터 달려왔다. 그들은 가죽부대를 치켜든다. 각자 물 한 모금씩을 마시고, 한 사람은 조끼 호주머니에서 한 움큼의 황색 담배를, 다른 한 사람은 미리 준비해 둔 꼬깃꼬깃 접은 종이쪽지 몇 장을 꺼낸다. 그것은 바로 예로부터 전해지는 목동들의 간단한 물물교환의 방식이다. 펠로폰네소스의 이 화려한 여행은『오뒷세이아』에서 쏟아져 나오듯 친숙하고 고귀한 이미지들을 서서히 우리에게 제공해 준다. 나는 우물가에서의 짧막한 휴식을 기억하고 있다. 노새꾼은 자신의 짐승에게 물을 먹이고 노새의 입을 한방 툭 친 다음 같은 물웅덩이 속으로 자신의 입을 담근다. 이러한 우정의 행위가 끝나면 노새 행렬은 다시 태양 아래로 길을 재촉한다.

아무런 오솔길의 흔적도 없이 끝없이 이어지는 이 황무지의 한가운데로 우리는 나무와 관목의 숲 더미를 가로질러 갔다. 나는 깜짝깜짝 놀라며 그 숲을 다시 확인하고 있었다. 유년 시절에 집에서 어머니가 그토록 즐겁게 최선을 다하여 경작하시던, 아주 연약한 아리따운 주님의 은총들이 바로 이곳의 열린 대기 속에서 기운차게 살아 있다. 물론 그들은 이곳에서 그들만의 진정한 운명으로 생명을 유지하고 있다. 그러나 내 느낌으로 그것은 이 자유 속에서 반항하는 존재자들이고 산속으로 도망간 노예들이다.

끝없는 나날들이여! 세상의 환상적인 위대한 고장들을 떠돌고 있는 고함, 냄새, 감각들을 기록한 한 장章에 대하여 꿈꿔 본다. 나는 물고기를 판매하는 루아르 강 유역 여인네들의 광적인 외침을 귀에 담고 있다. 그 여성들의 목소리는, 잘은 모르겠지만, 태양이 빛나는 맑은 날 9시경에 비유니스^{프랑스 파리의 거리 이름}의 나지막한 골목 구석에서 오열로, 웃음으로 굴절되고 있다. 아침나절 파리의 진흙탕 속에서 수레를 끌고 다니는 상인들의 가지각색의 부르짖음은 20년 전 로렌 지방에서 희망을 품고 상경한 젊은 내가 느꼈던 강렬하고 황량한 느낌을 뒤흔들며 다시 활기를 불어넣고 있다. 베네치아에서 곤돌라 뱃사공들의 우수에 젖은 외침이 검은빛 소운하들에서 울려 나오는 찰랑거리는 소리와 조화를 이루듯이, 짐승을 몰아 가는 노새꾼의 두세 가지 함성은 햇빛, 자갈, 그리고 펠로폰네소스의 불타오르는 눈길과 긴밀하게 결합하고 있다. 후리…… 옥소……, 그것은 바로 리하르트 바그너가 발키리*에게 들려 주는 목청 끝에서 울려 퍼지는 바로 그 음절이다.

나는 즉시 프랑스의 목장을 그리워하게 되었다. 기억컨대 나는 보잘것없는 숙소에서 혹은 내 노새의 등 위에서, 버드나무와 플라타너스와 보리수나무가 노장쉬르센 주위를 신선하게 만들어 주는 그 거친 초록빛 계곡을 꿈꾸었다. 계곡의 광활한 초원들 사이로 파리를 향해 쭉 뻗은 돌멩이로 뒤덮인 작은 길을 따라 노

* 발키리는 북유럽 신화에서 전사자들을 천계로 인도하는 시녀들로서, 바그너의 오페라 『니벨룽의 반지』 중 2부의 제목이 「발키리」이다.

장쉬르센은 자연적인 매력으로 강과 운하와 더불어 얼마나 애착을 느끼게 하는가! 거기서는 흐르는 물결에 오랫동안 잘 다듬어진 해초 같은 숲이 투명하게 드러나고 있다. 물결을 가로막는 수문들에서 울려 퍼지는 소리, 등심초와 수목들의 신선한 냄새, 소박한 집들을 에워싼 등나무들, 우리들이 가끔씩 무관심했던 우리 프랑스 시골 지방의 이 모든 분위기, 물레방아의 바퀴가 강물 속에서 찰랑거리듯이 우리의 에너지가 활기를 펼칠 수 있는 곳, 아! 30세기가 지나서야 올림픽 시합으로 우리를 안내하는 짐승의 등짝 위에서, 말하자면, 그리스의 핵심적인 비밀 앞에서, 우리는 그 계곡을 얼마나 그리워했던가!

*　　*　　*

올림피아는 우리 여정의 마지막 단계였다. 그곳에서 나는 고대 그리스에 대하여 좀더 명석한 생각을 얻게 되었다. 나는 운동장에서 상품의 상태를 검사받으려고 왔던 수많은 종마들처럼 성역들을 바라보았다.

그리스는 헬레나 민족의 발전을 위한 작은 사회들의 단체였다. 만약 고대 그리스 민족의 예식이 탁월한 에너지와 귀족계급 사회의 비밀을 우리에게 알려 준다면, 그것은 또한 그리스의 패망에 대한 비밀을 우리에게 말해 주는 것과 마찬가지다.

각각의 이 작은 지역 주께 안에 포함된 공간을 보호하고 발전시키기 위해 고안된 최상의 대비책은 오히려 그것을 황폐하게 만들어 놓았다. 민족의 순수성을 지키려는 염려는 지혜와 광분 행위로 동시에 드러난다. 그 결과 민중은 자신들에게 적합한 분비물을 만들어 낸다. 그러나 그것은 너무도 빠르게 메말라 버린다. 전쟁, 당파들 사이의 대학살, 노예들의 해방, 민족의 이주 등은 야만족의 물결이 아크로폴리스를 잠식했을 때 그리스의 피를 희박하게 만들어 놓았다.

그러나 하나의 아름다운 이름, 그것은 바로 하나의 위대한 힘을 의미한다. 그 이름은 영혼을 자극하고 상상력을 이끌어 간다. 나는 그리스의 축복받은 땅에서 여전히 살고 있는 토착민들에게 커다란 존경심을 느끼고 있다. 대중적이거나 개인적인 삶의 매 순간마다 바로 이 후손들은 그들의 핏줄 속에 흐르는 영웅들의 미덕을 자랑스럽게 느끼고 있다. 이것은 지나친 과장인가? 나 스스로 그것을 판단하기는 어렵다. 늙은 나무가 본성적으로 진정한 새싹을 내민다면, 우리는 미리 짐작하여 그 과일을 잘 알 수 있을 것이다. 만약 터키, 독일, 프랑스 등의 작은 왕국이 하나의 진정한 그리스에 포함된다고 한다면, 페이디아스가 새로운 파르테논을 건설할 때, 소포클레스가 우리에게 『안티고네』를 다시 안겨 줄 때, 그리고 투키디데스의 이성이 장 프시샤리[19세기 말 그리스 출신의 프랑스 작가로서 네오-그리스 산문 운동을 주창했다]의 얼굴 생김새를 조명할 때, 회의론자들은 혼돈에 빠질 것이다.

나는 이런 일이 결코 미루어지지 않을 것이라고 기꺼이 생각하고 싶다. 일상적으로 1900년에 일곱 살 이하의 아이들은 전통의 불꽃과 훌륭한 은총의 감미로움에만 빠져 있었다. 어른이 되어 그들은 억지로 그들의 장점을 쉽게 주장할 수 있을 것이다. 그들의 선조는 어떤 여행객도 결코 의심치 않는 상업적인 재능을 가지고, 외모와는 다르게 그들에게 독립성과 열정을 심어 주었기 때문이다.

앞으로는 비록 내가 현대 아테네 사람들에 대하여 쉽게 언급한다 할지라도 아무도 나를 의심하지 않기를 바란다. 어떤 애국자도, 마찬가지로 상상력에 빠진 어떤 인간도 야만족을 짓밟고 역사 아니면 본성이 그들의 혈통 속에 심어 준 하나의 그리스를 다시 정복하기 위해 그들이 보여 주길 원하는 종교적 열정에 무감각할 수는 없을 것이다.

고독을 향한 질주, 스파르타를 향한 꿈의 여행

모리스 바레스는 알자스로렌 지방의 샤름쉬르모젤에서 태어났다. 프랑스 국수주의 운동의 지적 안내자로서 그는 '치욕의 역사'에 대한 명확한 기록을 남기기 위해 '자아'의 예찬에서부터 출발하여 전통과 규범의 필요성을 탐지해 나가면서 세습적이고 지방색 풍토에 젖어 있는 당시의 낭만적 환상을 부수려고 노력했다.

　모계부터 로렌의 오랜 혈통을 이어받아 이 지방에서 자라나, 자신의 의지와는 무관하게 그의 유년 시절에 맞이하는 1870년의 불행한 사건, 바로 보불전쟁은 프랑스와 프로이센 사이의 패권 다툼에서 야기된 싸움으로서 결국 프랑스는 이 지방을 프로이센에 양도한다. 바레스는 여덟 살에 점점 더 강하게 밀려오는 독일인의 침략을 직접 눈으로 보고 충격을 받는다. 프랑스의 고유한 언어와 전통적 삶을 한순간에 앗아 간 이 불행한 전쟁 때문에 고향을 떠나야만 했던 '뿌리 뽑힌 사람들'의 방황을 경험한 그는 이미 프랑스의 이방인이 되어 있었다. 비록 유년 시절이었지만 그에게 닥친 이러한 불행 때문에 더더욱 그는 국가, 민족, 혈통, 종족, 자아 등에 대하여 고민하기 시작했을 것이다.

바레스는 라 말그랑주의 종교학교에서 중학교 교육과정을 이수하고, 이어 낭시의 고등학교에 입학한다. 마침내 스무 살이 되어 그는 고향을 떠나 인생 여행에 나선다. 그는 법학을 공부하기 위해 파리로 가는데, 이것은 훗날 또 다른 뿌리를 찾아 떠나는 스파르타 여행을 위한 서막이었을지 모른다. 스파르타 여행기를 통하여 알 수 있겠지만 그의 문학적 상상력과 영감은 깊고 화려하다. 그는 1883년 문학과 정치, 세속적인 삶에 뛰어들게 된다. 당시 아방가르드라 불린 전위예술 운동을 표방하는 잡지들에 글을 실었고, 즉시 명성을 얻게 되었다. 1884년 스물두 살에 이미 문학에 대한 열정을 보였으며, 비록 얼마 못 가 폐간했지만 『잉크 자국』*Les taches d'encre*이란 잡지를 창간하기도 한다. 연이어 그는 '자아 예찬'*Culte du moi* 3부작인 『야만족들의 시각에서』*Sous l'oeil des barbares, 1888*, 『자유 인간』*Un homme libre, 1889*, 『베레니스의 정원』*Le jardin de Bérénice, 1891*을 완성한다. 여기서 그는 자아의 규정, 전례예식, 교육, 야만족에 대한 방어법 등을 제시한다. 현실적 감각을 갖춘 유일한 '자아'로서의 자아주의는 논리적으로는 무정부적 개인주의로 귀결되기 마련이다. 자아주의는 '어떠한 존재자에게도 결코 어떤 고통도 주지 말 것'이라는 품행의 교훈을 이끌어 낸다. 결국 이것은 법률을 제정할 필요가 없음을 의미한다. 특히 바레스는 조르주 불랑제^{Georges Boulanger} 장군의 정치를 지지하면서 1889년에 낭시의 대표의원으로 선출되어 의회에서 활동한다. 이 무렵 『법의 적』*L'ennemi des lois*과 『세 가지 이데올로기 검증으로서의 자아 예찬』*Le culte du moi, examen de trois idéologies*을 출간한다. 그는 자아주의의 신념을 가지고 내면의 삶을 심화시키는 명상을 시작으로 전적으로 행동으로 나아간다. 1895년에는 비판글과 여담, 서민 이야기 등의 내용을 모아 엮은 『피, 관능 그리고 죽음에 대하여』*Du sang, de la volupté et de la mort*를 발간했는데, 여기서 그는 개인의 역량을 찬양하면서 '연대성'의 고정관념에 대해 설명했다. 바로 이 시기부터 그는 자신만의 관념에 집착하게 된다. 그리고 '대지와 죽은 자들'에 대한 정기적인 탐구와 발견에 매진한다. 그에게 있어 개인의 운명은 종족의 운명과 결부되어 나타난다. 선조의 정신, 전통, 국가적 열정에 대한 열성적 찬양은 자신의 내면에서 '자아'를 향한 미묘하고 정제된 찬양으로 이어진다. 그리고 '자아'는 개성의 기반을 이루고 있으며, 개인을 형성하고 부양하는 본성으로서의 내가 대지와 죽은 자들을 바라봄으로써 자신 스스로는 내면적 명상과 분석에 의해 자아로 발현한다고 설명한다.

스탕달의 영향을 받은 젊은 바레스는 질서정연한 자기중심적 삶을 살아가면서 진정한 행복의 의미를 찾는다. 그의 이기주의적 사고는 아마도 침략과 약탈에 대한 피해의식 때문이었을

지도 모른다. 자신에 대한 보호 본능은 살기 위한 자들의 필사적인 노력이다. 따라서 그의 진정한 행복의 의미에는 개인의 행복뿐만 아니라 국수주의 같은, 집단의 행복에 대한 고민도 포함되어 있다. 그의 작품에 따르면, 살고자 하는 자의 최초의 노력은 높은 벽으로 스스로 자신을 에워싸는 것이다. 이것은 진정한 자유를 만끽하는 인간이 보다 큰 또 다른 자유를 위해 도피하는 것과 같다. 여행은 행복에 다가가기 위한 도피다. 여행의 목적지에는 유토피아가 있을 수도 없을 수도 있다. 그러나 바레스가 '자유로부터의 도피'를 추구하며 도달한 그곳 스파르타는 벽으로 쌓아 자신의 민족이 다 같이 함께, 그리고 보다 행복하게 살기 위한 행복의 유토피아이면서 도피처가 된다. 내면적 경험의 세련미를 이해하지 못하는 '야만족'과 같은 타인 집단을 질타하면서, 그는 그들 스스로를 위해 모든 노예들의 예속 상태에서 벗어나 자신들만의 열정적인 삶의 환상에 부응하는 희귀하고 강력한 감각들을 체계적으로 개발할 것을 충고하고 나선다. 바레스의 요구에 가장 부합하는 환상의 민족, 영웅들이 숭고하고 신성한 정신과 강력한 신체를 가지고 살아가기를 원하는 민족, 그 민족이 이끌어 가는 도시, 그곳이 스파르타일지 모른다. 고독을 향해 달려가는 것, 새로운 민족으로 거듭나는 것, 전통의 폐습을 버리고, 허영심을 잊고, 민족의 진정한 정신과 무관한 모든 것을 잊고, 지혜로운 작업으로 새로운 분위기와 환경을 만들고 아름답게 가꾸어 가는 곳, 그곳이 바로 고대 스파르타인 것이다.

다른 한편, 점차 바레스는 자신만의 고독감을 벗어나 점차 정치적 사건들에 관여하기 시작한다. 1889년 그는 이미 불랑제 장군 지지파 운동에 가담해 있었고 이후 의회 의원이 되었다. 파나마 스캔들*과 드레퓌스 사건으로 그는 공리적인 위치를 고수하게 된다. 즉 의회의 부패를 고발하고 프랑스 애국동맹Ligue de la patrie française을 조직하는 데 공헌한다. 거기서 드레퓌스주의에 대한 반대파들이 형성된다. 그는 1906년 파리에서 의회 의원으로 당선되어 죽을 때까지 우파의 의석을 차지한다. 이 책의 저본이 되는 『스파르타 여행』Le voyage de Sparte이 출판된 것도 이 무렵이다.

이후 그는 문학적 성향을 바꾸어 새로운 주제를 모색하기 시작한다. 바레스는 '자아'란 온실 속에 있는 하나의 풀이 아니라, 자신이 태어난 땅 속에 아주 뿌리 깊게 박힌 하나의 나무라고 생각하기 시작한다. 특히 그는 제3차 십자군 전쟁 이후로 스파르타 주변에 살고 있는 사람들은 프랑크족의 침입에 의해 프랑스 사람의 혈통을 이어받은 같은 종족이라고 여행기에서 묘사하고 있다. 마찬가지로 바레스에게 모든 인간은 자신의 종족의 연

---

* 파나마 운하를 건설하다가 자금난에 빠진 파나마운하회사가 사채 발행을 위한 법안을 통과시키기 위해 의원들을 매수했다. 이 사건이 폭로되자 당시의 정치판은 소용돌이에 휘말렸다.

장이다. 또한 그는 인간이 왜 가족, 고장, 조국, 종교 등의 전통을 성실히 지키며 살아가야만 하는지 그 이유를 찾고 있다. 강제로 이주당해야만 하는 자들이 겪는 불행, 그것은 바로 『뿌리 뽑힌 사람들』*Les déracinés*, 1897에서 조명하고 발전시킨 주제이다. 이 작품은 '민족 원동력의 소설'*Roman de l'énergie nationale* 3부작 중 첫번째 작품이다. 이는 『군인에게 보내는 호소』*L'appel au soldat*, 1900로 이어지고 다시 팸플릿 『그들의 얼굴』*Leurs figures*, 1902로 끝이 난다. 이 작품들에서 그는 한 국가를 구성하는 개개인은 '세상의 시민'이 아니라 공동의 추억과 풍습, 한 가지 세습적 관념을 소유한 자로서 간주되어야만 한다는 것을 보여 주고 있다. 만약 그들이 수세기 동안에 걸쳐 축적되어 온 습관에 철저하게 빠져들 수 있다면 그들은 강력한 힘을 소유할 것이고 국가는 저항력을 가진다는 것이다. 바레스의 국수주의는 『동쪽의 보루: 독일을 위하여』*Bastions de l'est: Au service de l'Allemagne*, 1905와 『콜레트 보도슈』*Colette Baudoche*, 1909에서도 여전히 드러나고 있다. 이 두 작품은 독일에 정복당한 알자스와 로렌의 저항운동을 보여 주고 있다.

바레스는 1906년에 파리의 하원의원으로 선출되었고, 같은 해 1월 26일에 학술위원으로 선출되는 등 행운이 따랐다. 아카데미프랑세즈 위원이었던 그는, 그가 격찬하던 조제 마리아 드 에레디아*José Maria de Hérédia*의 후계자가 된다. 동시에 바레스는 가톨릭교에 젖어 『영감받은 언덕』 *La colline inspirée*, 1913에서 종교적 믿음에는 엄격한 훈련이 따라야만 한다고 가르친다. 이것은 그의 대표적인 걸작품임에 분명하다. 이 작품의 배경이 되는 시옹보데몽의 언덕은 초라하고 하찮은 고지대이지만, 로렌의 아크로폴리스이면서 '영원성'을 상징하는 작은 언덕이기도 하다. 바로 거기서 우리의 감성은 선조의 감성과 결합하고, 점차 자라나며, 또 일종의 영속성을 발견할 수 있게 된다. 또한 그는 분리법*의 공표에 따라 교회의 존속 유지를 보장하기 위해 아주 활발한 캠페인을 벌여 나간다. 그가 1911년 1월 16일, 1912년 11월 25일, 1913년 3월 15일에 의회에서 발표한 연설문은 1914년에 『프랑스 교회의 위대한 동정』 *La grande pitié des églises de France* 으로 출간되었다. 이 책에서 그는 특히 '종교적 감성과 대지의 정신과의 조화'를 주장하고 있다.

제1차 세계대전이 발발한 후, 바레스는 종군기자가 된다. 사건들의 중대성과 그것을 기록할 수 있는 커다란 영광은 그에게 하나의 뚜렷한 문학적 소재로 남아 있다. 전쟁 기간 중 그는 최선을 다해 자신만의 필체로 나라의 도덕성을 지키려고 노력한다. 지나치게 권위적인 전통주의는 도처에 존재하는 아름다움

---

* 프랑스 제3공화국의 주교 추천권 논쟁에서 교황청과 종교협약을 파기하고 '정교 분리법'을 제정하여 교회의 재산을 국유화한 법.

을 밝히려는 위대한 여행가 바레스를 가로막지 못한다. 더욱이 바레스는 스페인의 신비주의(『그리스인 혹은 톨레도의 비밀』*Le Greco ou le secret de Tolède*, 1912)와 동방의 시(『오롱트 강가의 정원』 *Un jardin sur l'Oronte*, 1922)에도 매료되었다. 그리고 사후에 출판된 일기문 『연구서』*Mes cahiers*에서는 자신의 생각과 활동의 역사를 밝히고 있다.

결과적으로 바레스는 자신에게서 개인적 발전의 원칙을 찾으며 체계적으로 자신의 감각을 개발하고 있다. 나아가 그는 개인주의적 입장을 포기하고 자신의 시대에 맡겨진 투쟁 속으로 빠져든다. 더욱이 국가의 힘과 교회의 규율을 찬양한다. 한 가지 규칙의 필요성, 그것은 바레스가 부여하는 커다란 과제다. 문호애호주의에 대한 자신의 관심에도 불구하고 그는 전통과 더불어 당시의 인간과 인간의 속성을 가장 집요하게 밝히는 작가이기를 원한다.

한 가지 규칙을 가진 체계적 탐구는 바레스의 생각을 완전히 지배하고 있다. 바레스는 먼저 자기 자신에게서 그 법칙을 찾고 있다. '자아의 예찬'은 과도한 개인주의의 폭발과는 다른 것이다. 그는 스스로의 법칙을 발견하기 위해 '분석'과 '내면적 심화'의 엄격한 노력을 전제하고 있다. 그러나 곧 이러한 노력은 헛된 것임을, 그리고 독립된 인생의 꿈은 오래가지 못한다는 것을 알아차린다. 왜냐하면 '자아'는 감각의 혼란 속에 항상 녹아들기 마련이기 때문이다. 이것은 바레스가 스파르타의 여행 동안 매 순간 특이한 장소와 유물, 풍경을 발견할 때마다 감각의 소용돌이 속에서 신화와 현실, 역사가 엇갈려 과거 속으로, 그리고 자신의 내면적 경험 속으로 빠져드는 것과 마찬가지다. 바레스에게 인생은 감각의 여행이고 현실과 상상의 꿈이 결합한 여행이다. 즉 감각의 여행은 관능의 여행으로 이어지고(이는 『주역』의 음양오행설에서 땅의 형태와 기운을 신체에 비교하여 아름답게 표현하는 테크닉과 흡사하다), 현실의 경치와 풍경은 신화의 풍경으로 이어진다. 진정한 풍경은 우리들이 눈으로 보고 느끼는 현실의 겉모습이 아니라 과거의 인간 역사와 삶이 담긴 상상의 풍경이다. 아름다운 풍경을 정확하고 화려하게 느끼고 발견하기 위해서는 개인의 감정과 감각, 경험과 지식을 필요로 한다. 버려지고 잊혀진 현실, 스파르타. 메마른 땅바닥에 버려진 조각나고 부서진 잔해들 위에서 바레스는 제우스가 된다. 때론 델포이에서 제우스가 날려 보낸 독수리처럼 펠로폰네소스의 타이게토스 산 정상에 서서 화려하고 풍만한 대지를 고독한 여행자가 되어 내려다본다. 인생은 여행이다. 곧 여행은 꿈이다. 이 진솔한 꿈의 여행이 바로 스파르타 여행이다. 제우스가 날려 보낸 독수리가 대지의 중심으로 되돌아오듯 바레스는 종족과 혈통의 중심인 스파르타로 되돌아온다. 그러나 자신의 본능적이고도 자연적인 그리스 혈통의 뿌리가 가지를 치며 프랑크의 혈통으로 자라나고 다시 그 혈통은 스파르타의 고유 종족과 희석된다.

마침내 바레스는 '분석력'에 관한 본능의 우월성을 주장하고, 베레니스란 등장인물에 의해 상징화된 무의식적 힘의 풍요로움을 주장한다. 이처럼 명석한 발견으로 그는 자신의 문학 지평을 넓혀 가면서 자신의 가계 혈통과 종족과의 연대의식을 찾는다. 스파르타의 여행 과정에서 마치 헬레네의 관능미가 혈통으로 이어져 그리스 혹은 스파르타의 아리따운 젊은 여성의 핏속에서 되살아나고, 현대 스파르타인의 핏속에는 프랑스인의 피가 흐른다는 사실을 분석하고 입증하려는 것과 마찬가지다. 이처럼 땅과 죽은 자들에 대한 예찬은 '자아 예찬'의 논리적이고 필연적인 도달점이다. 바레스는 자아에 대한 예찬을 통하여 자신의 자유의지로부터 자신만의 내면적 일원성을 박탈하지 않고 변함없는 현실에 그것을 예속시키면서 다시 형성시키고 있다. 그의 문학적 장점은 대부분의 이방인들이 본능적으로 간직하고 있거나 혹은 그들의 종교 속에서 찾고 있는 종족 관계의 이 위대한 원칙을 철저한 개인주의의 원칙으로부터 이끌어 오는 것이다. 그럼에도 불구하고 하나의 확고부동한 진리에 대한 점진적인 해명은 결국 자신에게만 중요한 의미를 부여하고 만다. 일종의 문학적 이기주의다. 각자는 자신만의 고유한 조각상을 조각하기 마련이다.

바레스는 전율을 일으키는 감각적 표현 능력을 갖추고 있고 어떤 사물 형태의 화려한 묘사에 있어서 탁월하다. 그의 문체는 가장 엄격하게 예술의 원칙을 따르고 있다. 그리고 그의 문장은 가끔 장엄하면서도 가장 조화로운 리듬의 매력을 느끼게 하면서 화려한 미사여구로 치장되었다. 게다가 대부분의 문장은 예리하면서 때론 거만할 정도의 간결함으로 신랄하게 압축되어 쓰여졌다. 이처럼 그는 여행기의 서술체 이야기들 속에서 자신의 감각을 통제한다. 글이 산만하게 분산되는 것을 피하고 다양한 몽상을 풍부하게 제시한다. 스파르타 여행기는 현실의 풍경을 신화와 역사에 비추어 자신의 내면세계에서 조명하고 있지만, 그것은 혼란스럽지 않은 꿈에서 시작하여 결국 꿈으로 점철되어 있다. 한편 그는 스페인 여행기에서 엄격하고 간결한 표현으로 안달루시아 지방의 애절함과 카스티야 지방의 거칠음을 상기하고 있다. 또한 그는 일종의 고전적인 고요함으로 자신의 시각을 고정시키고 있다. 그의 시선에 비친 톨레도는 열광의 이미지처럼 강직하고 비밀스럽게 고독 속에서 떠오르고 있고, 하나의 외침처럼 사막 속에서 나타나고 있다. 다른 한편 그는 혼란스럽고 어두운 풍경보다는 오히려 평온하고 안정된 풍경을 더 좋아한다. 스파르타 역시 자연의 카오스 속에서 사막처럼, 그리고 불타오르는 외침처럼 드러난다. 찬란한 문명이 역사의 물결 속에서 부서지고 쓰러져 지나간 스파르타에는 건물 조각의 파편과 유물의 잔해, 대지만이 남아 있다. 그야말로 황량한 고대 도시다. 그러나 빈터 위에는 용맹하게 죽어 간 전사들의 정령이, 그리고 찬란했던 문명의 망상이 빈 공간에 살아남아 여행객들에게 수많은 생각과 상상을 불러일으킨다. 상상 속에 물결치는 평온과 고요의 땅, 스파르타와 주변 지역에는 평화로운 도시와 마을, 초록빛 벌판과 협곡을 이루는 깊은 산이 웅장하고 화려한 자태를 뽐내고 있다. 바레스는 그러한 평화의 풍경을, 명상 속에서 쉽게 돌이켜 볼 수 있는 찬란했던 그 문명의 땅을 사랑한다. 그래서 그의 시선은 깊은 평원 위로, 영원하고 부드러운 침묵의 강 위로, 멀리멀리서 녹아들고 있다. 타이게토스의 절벽과 기암괴석의 돌출부가 빛의 풍경을 이루는 곳, 잔해로 가득한 산등성이에 준엄함과 순수함을 부여하면서 가장 용맹한 힘의 원기가 빛의 섬광 속에서 솟구쳐 오르는 곳, 펠로폰네소스는 대지와 대기의 에너지로부터 섬광처럼 발산하는 관능미를 영원히 간직하고 있다.

모리스 바레스 연보

1862 8월 19일 프랑스 동부의 보즈 산맥에 있는 샤름쉬르모젤에서 태어난다.

1870 패전과 3년 동안의 강점기의 치욕감에 젖어 있었다. 그는 인생 말년에 다음과 같이 적었다. "8학년에 접어들어 피리를 불며 프랑스의 작은 마을로 진군하는 프로이센 군대를 보았던 것이 항상 가슴 아프다."

1873 낭시 근처에 있는 라 말그랑주의 중학교에 입학하지만, 매우 불행한 학창시절을 보낸다.

1877~1882 낭시의 포엥카레 고등학교를 다녔다. 철학 선생 뷔르도는 이후 『뿌리 뽑힌 사람들』(*Les déracinés*)의 등장인물 부테이예에 영감을 주었다.

1882 스무 살이 된 바레스는 이탈리아를 여행한다. 『베네치아의 죽음』(*La mort de Venise*)에서 정의하는 화려함과 슬픔의 감정을 가지고 되돌아온다.

1883 관심에도 없는 법학 공부를 하기 위해 파리로 온다. 그리고 르콩트 드 릴(Leconte de Lisle)의 문학 서클과 상징주의 단체에 끈질기게 출입한다. 전위예술 운동 잡지에 그

가 기고한 기사들은 즉각 주목을 끈다.

1884 정기 간행물『잉크 자국』(Les taches d'encre)을 출간한
다. 이폴리트 텐(Hippolyte Taine), 에른스트 르낭(Ernest
Renan) 같은 제3공화국의 사상적 지도자들을 조롱한다.

1888 첫번째 소설로 '자아 예찬'(Culte du moi) 3부작의 첫
편에 해당하는『야만족들의 시각에서』(Sous l'oeil des
barbares)를 출판한다.

1889 3부작의 두번째 편『자유 인간』(Un homme libre)을 출
간한다. 1월에는 친불랑제 계열의 신문『동부통신』(Le
courrier de l'est)을 창설한다. 4월에 낭시의 불랑제 지지
파의 위원장으로 선출되었고, 1893년까지 의회 의석을
차지한다.

1891 3부작의 마지막 편인『베레니스의 정원』(Le jardin de
Bérénice)을 출판한다. 이 작품에서 바레스는 '젊음의 왕
자'로 신성시된다.

1892 스페인으로 여행을 떠나 코르도바와 톨레도 지역의 풍취
에 매료된다.

1894 9월에 국수주의, 반(反)의회정치, 반(反)외국인주의 경향
의 작은 신문『휘장』(La cocarde)을 창설한다. 설화, 서술
체 이야기, 비평 등을 모은『피, 관능, 그리고 죽음에 대하
여』(Du sang, de la volupté et de la mort)를 간행한다.

1897~1902 민족 원동력의 소설(Roman de l'énergie nation-
ale) 3부작『뿌리 뽑힌 사람들』(Les déracinés),『군인에
게 보내는 호소』(L'appel au soldat),『그들의 얼굴』(Leurs
figures)을 출판한다.

1898 프랑스애국동맹(Ligue de la patrie française)의 창설자
중 한 명이 된다.

1900 『군인에게 보내는 호소』에서 불랑제 장군 지지파의 에피
소드를 서술한다. 수많은 활동에 활발히 참여했지만, 그
는 더 이상의 활약을 미루어 둔 채 그리스 여행에 만족하
기를 기대하며 4월에 배에 오른다.

1902 『국수주의의 무대와 학설』(Scènes et doctrines du
nationalisme)에서 가장 초보적인 반유태인주의에 의해
활성화된 다양한 텍스트들을 출판한다.

1903 베네치아에서 영감을 얻은『사랑과 고통, 희생』(Amori et
dolori sacrum)을 출판한다.

1905~09 『동쪽의 보루: 독일을 위하여』(Bastions de l'est:
Au service de l'Allemagne)와『콜레트 보도슈』(Colette
Baudoche)를 출판한다.

1906 『스파르타 여행』(Le voyage de Sparte)을 출판한다.
1월 26일에는 알(Halles) 구역에서 파리 의회 의원에 당
선된다.

1912 『그리스인 혹은 톨레도의 비밀』(*Le Greco ou le secret de Tolède*)을 출판한다.

1913 『영감받은 언덕』(*La colline inspirée*)과 팸플릿 『프랑스 교회의 위대한 동정』(*La grande pitié des églises de France*)을 출판한다.

1914~18 프랑스애국동맹의 우두머리 자리를 폴 데룰레드(Paul Déroulède)에게 물려준다. 그리고 나라의 도덕성을 지지하기 위해 『파리의 메아리』(*L'écho de Paris*)에서 거의 일간지 기사에 가까운 성격의 글들을 출간하려고 노력한다 (이는 차후 『대大전쟁의 연대기』*Chroniques de la grande guerre* 15권에 포함된다). 한편 작가 로맹 롤랑(Romain Rolland)은 그에게 '살육의 나이팅게일'이란 별명을 붙인다. 국가적 화해를 위한 작품 『프랑스의 다양한 정신적 가족』(*Diverses familles spirituelles de la France*)을 출간한다.

1921 『라인 강의 정령』(*Le génie du Rhin*)에서 젊은 프랑스인과 젊은 독일인에게 공동의 노력으로 서로 화합하고 서로 희생하기를 호소한다.

1922 동방의 유혹에 사로잡힌 그는 정통파적인 생각을 고수하는 비평가에 대한 탄핵을 선동하는 『오롱트 강가의 정원』(*Un jardin sur l'Oronte*)을 출판한다.

1923 12월 4일 뇌이쉬르센에서 사망한다. 당시 『빛으로 가득한 신비함』(*Mystère en pleine lumière*) 육필원고 작업 중이었다.

1930~1956 개인 일기 『연구서』(*Mes cahiers*)가 사후 출간된다.

작가가 사랑한 도시 시리즈

100년 전 도시에서 만나는 작가들의 특별한 여행 그리고 문학!!

01 플로베르의 나일 강 귀스타브 플로베르 지음, 이재룡 옮김
스물여덟 살의 플로베르가 돛단배로 떠난 넉 달간의 나일 강 여행! 편지로 어머니에게는 나태와 노곤함을, 친구에게는 동방의 에로틱한 밤을 전한다. 훗날 『보바리 부인』에 재현될 멜랑콜리와 권태의 원천이 되는 감각적인 기행문!!

02 뒤마의 볼가 강 알렉상드르 뒤마 지음, 김경란 옮김
1858년, 대문호 알렉상드르 뒤마가 러시아의 변경 볼가 강 유역을 방문한다. 당대 최고의 여행가의 펜 끝에서 펼쳐지는 칭기즈칸의 후예 칼미크족의 유목 생활과 풍습 그리고 그들의 왕성에서 열린 축제까지, 말 그대로 여행문학의 향연이 펼쳐진다!!

03 쥘 베른의 갠지스 강 쥘 베른 지음, 이가야 옮김
코끼리 모양의 증기 기관차를 타고 힌두스탄 정글을 가로지르는 영국군 퇴역대령과 프랑스인 친구들. 성스러운 갠지스 강 순례 도시들의 유적과 힌두교도들의 풍습이 당대를 떠들썩하게 한 세포이 항쟁의 정황과 함께 어우러진 독특한 모험소설!!

04 잭 런던의 클론다이크 강 잭 런던 지음, 남경태 옮김
알래스카 남쪽 클론다이크 강 유역에 금을 찾아 모여든 인간들. 차디찬 설원의 밤, 사금꾼들의 숙박소로 의문의 남자가 피를 흘리며 찾아든다. 야성의 본능만이 투쟁하는 대자연에서 전개되는 어긋난 사랑과 파멸. 섬뜩하면서 매혹적인 독특한 여행소설!!

05 모파상의 시칠리아 기 드 모파상 지음, 어순아 옮김
프랑스 문단의 총아 모파상은 우울증이 심해질 때마다 여행을 떠난다. 시칠리아에 도달한 그가 마주한 것은…… 고대 그리스 신전과 중세의 고딕 성당, 화산섬 특유의 용암 풍광 등 자연과 예술이 하나 된 곳, 모더니티의 유럽인들이 상실해 가는 지고의 아름다움이었다.

06 뮈세의 베네치아 알프레드 드 뮈세 지음, 이찬규 · 이주현 옮김
베네치아를 무대로 천재화가이자 도박자 티치아넬로와 베일에 싸인 연인 베아트리체가 벌이는 사랑의 사태와 예술적 영혼들에 관한 성찰! 낭만주의 시인 뮈세와 소설가 조르주 상드의 '빛나는 죄악' 같은 사랑에서 탄생한 한 폭의 바람 세잔 풍경 같은 예술소설!!

07 에드몽 아부의 오리엔트 특급 에드몽 아부 지음, 박아르마 옮김
1883년 10월 4일, 당대 최고의 여행작가 에드몽 아부가 국제침대차회사의 초대로 오리엔트 특급 개통기념 특별열차에 탑승한다. 최신식 침대차의 호화로움과 파리에서 터키 이스탄불 사이의 여정이 상세하면서도 역동적으로 묘사된 여행 에세이의 백미!!

08 폴 아당의 리우데자네이루 폴 아당 지음, 이승신 옮김
19세기에 이미 전기 설비가 완성된 '빛의 도시' 리우. 폴 아당은 놀라운 속도로 개발되는 도시 외관과 아름다운 자연에 눈을 빼앗기면서도, 브라질 사람들의 순박하면서도 아름다운 생활상을 발견해 내는 아나키스트 작가의 면모를 숨김 없이 보여 준다.

09 라울 파방의 제1회 아테네 올림픽 라울 파방 지음, 이종민 옮김

제1회 올림픽이 열린 아테네에 『주르날 드 데바』지의 특파원 라울 파방이 도착한다. 기자다운 정확성으로 생생히 재현되는 IOC 창설 과정, 근대 올림픽 개최를 둘러싼 갈등, 각종 경기장들의 건립 상황 등 올림픽 뒤 숨겨진 이야기들!!

10 라마르틴의 예루살렘 알퐁스 드 라마르틴 지음, 최인경 옮김

'평화의 도시' 예루살렘. 유대교와 기독교, 이슬람교가 각축한 복잡한 역사를 고스란히 담고 있는 이 성소로 낭만주의 시인 라마르틴이 병든 딸과 여행을 떠난다. 시인의 내면 깊이 간직된 신앙심과 자연에 대한 애정이 이 도시를 바라보는 시선에 그대로 배어 있다.

11 고티에의 상트페테르부르크 테오필 고티에 지음, 심재중 옮김

보들레르가 '프랑스 문학의 완벽한 마술사'로 상찬해 마지않았던 절대적 유미주의자 테오필 고티에, 그가 감각적인 필치로 그려 낸 상트페테르부르크의 겨울 풍경! 금빛 조명과 은빛 얼음으로 가득 찬 이 매혹의 도시가 가진 순수한 아름다움이 시적으로 묘사된다.

12 바레스의 스파르타 모리스 바레스 지음, 정광흠 옮김

어린 시절 겪은 보불전쟁에서의 패배를 트라우마처럼 간직한 바레스에게 역사와 신화의 땅이자 용맹과 애국의 아이콘인 고대 스파르타와의 만남은 필연적이었다. 폐허의 땅에서 펼쳐지는 환상과 역사의 결합, 그리고 그 속에서 벼려져 가는 자의식의 생생한 여정!

*〈작가가 사랑한 도시〉 시리즈는 계속됩니다!

지은이 **모리스 바레스**(Maurice Barrès)

프랑스의 작가·시사평론가·정치가. 고향인 로렌이 보불전쟁에서의 패배로 독일에
넘어간 어린 시절의 경험이 일생에 큰 영향을 끼쳤다. 스무 살 때 파리로 나와 본격적
인 문단 활동을 시작하였으며, 『법의 적』과 『세 가지 이데올로기 검증으로서의 자아
예찬』을 출간하면서 섬세한 자아의 감수성에 지고의 가치를 부여하는 자아주의적 신
념을 잘 보여 주었다. 드레퓌스 사건 이후 그의 사상은 전통주의에 입각한 국가주의로
전환되었으며, 하원의원으로서 정치가로도 활발히 활동했다. 대표작으로 자아 예찬 3
부작 『야만족들의 시각에서』, 『자유 인간』, 『베레니스의 정원』, 민족 원동력의 소설 3
부작 『뿌리 뽑힌 사람들』, 『군인에게 보내는 호소』, 『그들의 얼굴』을 비롯하여 『영감받
은 언덕』, 『오롱트 강가의 정원』 등이 있다. 『영감받은 언덕』의 배경이 되는 시용보데
몽의 언덕 위에는 그를 추모하는 비석 '죽은 자들의 초롱불'이 세워져 있다.

옮긴이 **정광흠**

성균관대학교 불어불문학과를 졸업하고 알자스로렌 지방에서 석사학위를 취득하고
프랑스 프로방스대학교에서 박사학위를 받았다. 저서로서 『프로방스 문화예술 산책』
(공저), 『알자스 문화예술』(공저), 『인도의 신화와 종교』 등이 있고 네르발, 고티에, 보
들레르, 발레리 등에 관한 고대신화와 감각성의 연구를 비롯하여 초현실주의를 포함
하여 현대 프랑스 문화예술에 관한 연구로서 수십 편의 국내외 논문이 있다. 현재 성
균관대학교 문과대학 연구교수를 거쳐 성균관대학교 프랑스어권연구소 수석연구원
으로 재직 중이다.